LA PLAINE ET LA MER,

POÉSIE,

PAR CHARLES CAILLAUX.

PARIS,

CHARPENTIER, LIBRAIRE-ÉDITEUR,
RUE DE SEINE, 31.

1838.

LA PLAINE

ET

LA MER.

LA PLAINE

ET LA MER,

PAR

CHARLES CAILLAUX.

CHARTRES,

IMPRIMERIE DE FÉLIX DURAND, RUE SERPENTE, 8.

1838.

Il existe pour tout homme qui raisonne une vérité incontestable : c'est qu'aujourd'hui le chant du poëte ne peut être qu'un cri de détresse.

Cela posé, on ne doit considérer ces vers que comme un simple et premier cri. — L'auteur ne leur reconnaît aucune importance littéraire ; il n'ignore pas qu'il n'est qu'un des mille échos perdus au milieu du bruit de ce siècle qui s'en va.

Du reste, quelle que soit sa faiblesse, il a la conviction qu'il agit bien.

Nous vivons à une époque où, dans l'intérêt de l'avenir, tous ceux dont le cœur se trouve froissé par les angles de notre société si matériellement désespérante, doivent se plaindre ouvertement.

Je suis un de ceux-là. On en doutera si l'on veut, peu m'importe. — Par suite de ce principe, je me suis cru forcé de quitter, il y a deux ans, le foyer de famille : qu'on me pardonne de citer cette circonstance, je ne le fais que pour arriver à la justification du titre mis en tête de ces feuilles : la Plaine et la Mer.

En effet, la première partie en a été écrite dans mes plaines natales, et au foyer ; la seconde, dans le voyage, et parfois dans la solitude des vieilles grèves de Bretagne et de Normandie.

J'aime à croire que l'on ne s'attend pas à des imprécations de ma part : même avant Jérémie, ce me semble, l'imprécation était une forme usée.

Ces pages, dont j'ai réduit le nombre le plus possible, ne sont que l'expression d'une pensée qui, toutes les fois qu'elle a souffert, n'en a que davantage éprouvé le besoin de se réfugier dans l'amour, comme dans un temple inviolable.

N'est-ce pas là véritablement la plus généreuse, sinon la plus naturelle de toutes les protestations?

Paris, 26 janvier 1838.

PREMIÈRE PARTIE.

L'amour est fort comme la mort.

I.

Parfois, lorsque Byron aux échos d'Ionie

Jetait les noms fameux que sa voix a chantés,

Lorsqu'il s'abandonnait au torrent d'harmonie

Où flottaient ses pensers par le rêve emportés,

Les inspirations sur ses lèvres écloses

Y mouraient tout-à-coup..... C'est qu'il venait de voir

Parmi les verts gazons et les frais lauriers roses

Les contours indécis d'une femme à l'œil noir.

Il oubliait alors la gloire et la patrie,

Et la Grèce pleurant ses enfants au cercueil,

Et l'Eurotas captif sur son urne tarie,

Et Sparte belle encor comme une reine en deuil;

Il oubliait l'Ecosse et le toit de ses pères,

Où ses vieux serviteurs l'attendaient au foyer;

L'Ecosse avec ses lacs, ses monts et ses bruyères,

Pour un regard d'amour qu'il daignait mendier

Il comprenait l'amour, Byron. Son âme altière

Sous ses rêves de feu ployait comme un roseau;

Vingt ans il poursuivit l'enivrante chimère,

Comme on suit un nuage, ou l'essor d'un oiseau.

Un sourire, un coup d'œil, une écharpe de soie,

Tout enfin remuait les fibres de son cœur.

Oh! combien il était sublime dans sa joie,

Puissant dans ses désirs, sombre dans sa douleur!

Aussi, quand il mourut, les vierges de la Grèce

Cachèrent dans leurs mains leurs fronts de pleurs voilés;

Le cygne aux doux accents, en un soir de tristesse,

Avait repris son vol vers les cieux étoilés.

Pendant plus d'un long jour Athènes fut muette,

Et dès qu'un étranger passait sur son coursier,

Les femmes demandaient: n'est-ce pas le poëte?

Les hommes s'écriaient: n'est-ce pas le guerrier?

Pourquoi donc se crut-il trop peu digne d'envie,

Cet homme dont le nom est si grand, qu'aujourd'hui

Il n'est pas un enfant, s'élançant dans la vie,

Qui ne voudrait souffrir et chanter comme lui?

Ne fut-il pas heureux?.. Quand son destin étrange

Le poussait à travers les peuples étonnés,

N'était-il pas certain de rencontrer un ange

Partout où l'emportaient ses vœux désordonnés?

Son regard inspiré jetait tant de lumière,

A sa tête élargie où flottaient ses cheveux

Le génie imprimait un cachet si sévère,

Tant de force siégeait sur son front nuageux;

Pourquoi se plaignait-il?.. Oui, la plainte est impie

Quand on peut comme toi, Byron, à chaque pas

Réveiller par ses chants une femme assoupie :

Oh ! tu fus trop aimé... moi, je ne te plains pas.

Poëtes ! quand parfois les brouillards de la terre

Arrêtent votre élan, jettent autour de vous

Leur ombre qui s'étend comme un drap mortuaire

De votre front glacé jusques à vos genoux ;

Quand, dans les profondeurs de votre âme en démence,

Le bruit succède au calme, et la nuit sombre au jour,

Ne blasphémez jamais si Dieu, dans sa clémence,

Pour ancre de salut vous a laissé l'amour.

Chartres.......

II.

I.

L'herbe devient épi, le bouton devient rose,

Le bleuet, balançant sa fleur à peine éclose,

    S'entr'ouvre au souffle du printemps ;

Et le frêle amandier qui, battu par l'orage,

S'abandonnait au vent, ainsi qu'un blanc nuage,

    Se fortifie avec le temps.

Ainsi tu m'apparais, timide jeune fille. —

Je te connus enfant, aujourd'hui ta mantille

Cache des contours féminins ;

Ton sein s'est arrondi, ta taille s'est formée,

Et déjà ta pudeur, promptement alarmée,

Fait baisser tes yeux incertains.

Oh! lève-les vers moi, tes longs regards de flammes,

Mets ton cœur sur mon cœur, et mêlons nos deux âmes

En des chants d'amour éternels :

Que peux-tu redouter, jeune fille?... Les anges

Craignent-ils le poison des terrestres louanges,

Et les vœux des simples mortels ?

Permets-moi de t'aimer... J'ai besoin que ma tête

Près d'un bras protecteur dorme moins inquiète,

J'ai besoin d'espérer encor;

Pareil au luth touché par une main habile,

Je saurais, sous ta loi m'inclinant, plus docile,

Rendre un mélodieux accord.

Car, malgré le passé, malgré son influence,

Malgré mes souvenirs et ma folle croyance

Si fertile en déceptions,

Pour revivre au bonheur, pour exciter l'envie,

Au fond du vase amer où s'abreuve ma vie,

Je garde assez d'illusions.

Semblable au jeune oiseau qui chante dès l'aurore,

C'est toi que je désire, et c'est toi que j'implore,

Sitôt que le soleil a lui :

Toi seule, chère enfant, tu n'es point un mensonge ;

Dans la nuit de mes jours tu parus comme un songe ;

Oh ! ne t'en va pas comme lui.

II.

Le murmure des flots, les accords d'une lyre,

La voix de l'Angelus qui se plaint et soupire,

Le chant des oiseaux dans les cieux;

Les longs ruisseaux d'argent errant sur les prairies,

Les saules inclinés, les bruyères fleuries,

Me font moins rêver que tes yeux. —

Quand, laissant ton pays, et déployant ton aile,

Pour la première fois, fugitive hirondelle,

Tu parus au milieu de nous,

Je sentis aussitôt, par un soudain passage,

Et bouillonner mon sang, et pâlir mon visage,

Et se courber mes deux genoux.

Et dès-lors je t'aimai... Tu me semblais si bonne,

Je crus apercevoir sur ton front de madone

Une telle ingénuité,

Qu'un sourire de toi provoquait mon sourire,

Et qu'en interrogeant ton regard, j'y pus lire

La perte de ma liberté.

Qui donc eût résisté ? Ta légère tunique

Recélait sous ses plis un charme si magique,

L'air était si doux près de toi ;

Ta main était si blanche, et ta lèvre si rose,

Tant de grâce sans fard respirait dans ta pose,

Et dans tes accents tant de foi !

En vain, à ton aspect, je détournai la vue,

En vain je m'en allai pensif à ta venue,

Pour essayer de résister ;

Pareille aux verts gazons des rochers de la rive,

Ton image en mon cœur, comme dans une eau vive,

Venait toujours se refléter.

Eh bien, qu'il soit ainsi !... que mon sort s'accomplisse !

De mon égarement, innocente complice,

Dieu seul sait si tu m'entendras...

Va, tu n'en es pas moins ma belle fiancée,

Le songe de mes nuits, l'enfant de ma pensée,

La compagne de tous mes pas.

III.

Si ta bouche s'ouvrait pour me dire : je t'aime ;

Si mes humbles soupirs, comme le grain qu'on sème,

    Germaient à l'ombre de ton cœur ;

Si ton sein frémissait à ma seule parole,

Et si je te voyais au front une auréole

    D'amour, d'espoir et de bonheur ;

Je n'abuserais pas d'un instant de faiblesse

Pour imposer un prix à ta folle tendresse,

Pour salir ta naïveté;

Je voudrais qu'au foyer, où s'abrite ton âme,

Tu pusses retrouver toujours la même flamme,

Toujours la même pureté...

Car tu serais pour moi l'arbuste de la tombe,

Tu serais l'olivier qu'apporta la colombe

Après le temps des grandes eaux;

Je te respecterais à l'égal de la branche

Que le prêtre bénit quand revient le dimanche,

Le vert dimanche des rameaux.

IV.

Pourquoi m'interroger ? Respecte mon silence ;

Qu'importe , jeune fille , à ton insouciance

    La brume qui voile mes traits ?

Les pensers douloureux ne sont pas de ton âge,

Et tu cherches en vain sur mon pâle visage

    Quelqu'empreinte de mes secrets.

Sois heureuse ! pour toi l'ombre a toujours ses charmes,

Le soleil son éclat, et l'aurore ses larmes,

Le printemps son joyeux gazon ;

Plus belle que les fleurs, et moins fragile qu'elles,

Ta grâce se déploie en des beautés nouvelles

A chaque nouvelle saison.

Que voudrais-tu de plus ? Je te le dis encore,

Souvent, lorsqu'on se heurte aux choses qu'on ignore,

On n'y trouve que repentir ;

L'espérance nous fuit, et l'illusion morte

S'en va comme l'oiseau que l'aquilon emporte,

Sans laisser même un souvenir.

V.

Je suis triste, oh ! bien triste... Il me semble qu'un voile

Etendu sur mes yeux me dérobe l'étoile

      Dont le cours dirigeait mes pas ;

Ma pensée, en pleurant, se traîne endolorie.

Espérance, amitié, famille, amour, patrie,

      Tout cela n'existe-t-il pas ?

Pourtant rien ne me manque, et sur cette humble terre

J'ai tout ce qui nous rend l'existence légère

Et l'avenir plus opportun ;

Si je descends en moi, jaloux de me connaître,

Je n'ai qu'à bénir Dieu, Dieu qui m'a donné l'être,

Loin d'un faste trop importun.

Car j'aime mon foyer. — Le soir, lorsque j'y rentre,

Lorsqu'il gèle dehors, et que je m'assieds entre

Ma mère et mes deux jeunes sœurs ;

Et quand un vieil ami, dont l'aspect nous réveille,

Par quelque long récit qu'il a redit la veille

Amuse ses loisirs conteurs ;

Je devrais être heureux. Eh bien, non ! dans ma tête

Où bouillonne sans cesse une crainte secrète,

Où fermente un vague désir,

Mon esprit égaré se forge des fantômes,

Rêves désespérants, vaine poussière, atomes

Que je ne sais comment saisir.

Serais-je donc poëte ? Oh ! je commence à croire

Qu'exprès le Tout-Puissant fit la route plus noire

Et moins facile à ses élus ;

Et que, pour éprouver quel son rend leur croyance,

Au centre de leur âme, exprès, sa prévoyance

A mis une corde de plus ;

Corde inconnue au monde, à ce monde de boue

Déversant sur les fronts où sa froideur échoue

Son sarcasme dévastateur ;

Luth caché, dont la voix harmonieuse et tendre

A des accents plaintifs, que peuvent seuls comprendre

Ceux-là qui vivent par le cœur.

VI.

Suivre, en marchant au but, une route inconnue,

Croire et douter, tomber des clartés de la nue

      Au sombre néant du cercueil;

Naître dans les sanglots, vieillir dans la misère,

Passer inaperçu, sans avoir sur la terre

      Un ami qui prenne le deuil...

C'est notre destinée... Et plus on se hasarde,

Voyageur égaré, plus on rêve et s'attarde

Sous les ombrages du chemin,

Plus on risque de perdre, avec le temps et l'heure,

La trace des sentiers indiquant la demeure,

Pour s'abriter le lendemain...

Heureux ceux qui sont morts enfants!.. Un souffle impie

N'a point brûlé leurs os et desséché leur vie;

Trois fois heureux ceux qui sont morts!..

Contre une mer sans frein, débiles hirondelles,

Ils luttaient vainement, ils ont plié leurs ailes,

Exempts de crainte et de remords.

Pas de larmes pour eux! Lorsque sur la pensée

La vieillesse s'étend, morne, froide, glacée,

Comme la nuit sur le sillon ;

Alors qu'autour de nous tout change de figure,

Que notre œil est sans feu, notre voix sans murmure,

Notre âme sans illusion ;

A quoi sert l'existence ? Oh ! je suis jeune encore,

Le sang monte rapide à mon front qu'il colore

Au gré de ses vifs mouvements ;

Et déjà, je le sens, la vie est une charge,

Un poids trop accablant, un fardeau par trop large

Pour mes épaules de vingt ans.

Et je voudrais parfois mourir avant que l'âge

Eût sur mes yeux ternis imprimé son outrage,

Et mis du givre à mes cheveux ;

Je voudrais, conservant ma robe virginale,

M'endormir mollement, et franchir l'intervalle

Qui sépare l'homme des cieux.

Je rejoindrais mon père. — Il pense à ma venue. —

Je suis sûr que souvent il s'informe à la nue

De ceux qu'il a chéris, vivant;

Il lui parle de moi, de mes sœurs, de ma mère;

Du passé ténébreux, et du présent, chimère

Au vol rapide et décevant.

Alors je lui dirais: « ô mon père, pardonne!

» J'implorais le bonheur comme une faible aumône,

» A genoux et tendant la main,

» Et jamais le bonheur, par un souris plus tendre,

» Ne m'a permis d'avoir confiance, et d'attendre

» Seulement jusqu'au lendemain.

» Pardonne! me voici! J'ai fui de ma demeure

» Pour des climats plus doux; avant qu'il en fût l'heure,

» J'ai quitté le nid maternel;

» Jadis, ces beaux climats m'apparurent en songe,

» Et depuis cet instant je suis triste, et ne songe

» Qu'à m'éloigner d'un sol charnel.

» Tout est décoloré sous le souffle des hommes.

» Nos rêves que sont-ils ? Rien, rien que des fantômes,

» Fébriles enfants du sommeil,

» Spectres traînant au vent une brillante robe

» Dont l'éclat nous séduit dans l'ombre, et se dérobe

» Aux premiers rayons du soleil.

» N'est-ce pas, n'est-ce pas que les plaisirs du monde

» S'effeuillent au toucher, et ressemblent à l'onde

 » Qui glisse et trompe notre doigt ?

» N'est-ce pas qu'au moment de saisir le calice,

» Le vase, dépouillé de son clinquant factice,

 » Nous paraît bien vide et bien froid ?

» Moi je le juge ainsi. — Pourtant un bon génie

» Avait mis dans mon sein une vague harmonie

 » Et de la candeur dans ma voix :

» Que me manquait-il donc ? Je ne le sais. Mon père,

» Les rois sont quelquefois malheureux sur la terre ;

 » Cependant rien ne manque aux rois. »

VII.

Je le devine, enfant... Ce qui rend mon aurore

Triste comme la fleur fanée avant d'éclore,

    Ce qui me fait souvent pensif ;

Ce qui mêle à mon jour tant de pâleur et d'ombre,

Et livre à l'ouragan, comme un vaisseau qui sombre,

    Ma poésie au chant plaintif,

Je le devine. — C'est que je ne puis sans cesse

Contempler sur ton front qui rougit et s'abaisse

Ton âme au travers de tes yeux;

C'est que j'ai rarement devant moi ton visage

Dont l'éclat est si doux, qu'on croirait qu'un mirage

Y reflète l'azur des cieux.

VIII.

Tu pars! il est trop vrai, ce n'est point un mensonge;

Tu pars! d'autres destins t'arrachent de mes bras;

Moi, triste et désolé, je demeure, et je songe

Que peut-être mes yeux ne te reverront pas!

Comme l'oiseau des champs, folâtre jeune fille,

Va! cours! enivre-toi d'amour et de soleil;

L'univers te sourit, et le ciel qui scintille

Promet à ton enfance un horizon vermeil.

Va ! chante ta chanson ! effeuille dans ta course

Tout ce que la nature a de plus douces fleurs ;

Respire à chaque rose, et bois à chaque source

Le parfum de la vie et l'oubli des douleurs.

Va ! sans t'inquiéter du passé qui s'envole,

Sans jeter bien avant tes yeux vers l'avenir ;

Le présent seul t'appelle ; écoute sa parole,

Jeune fille ; crois-m'en, hâte-toi de jouir.

Si pourtant, un matin, ta voix mélancolique

S'éteignait en pleurant sous le poids du chagrin ;

Si ton cœur se brisait ainsi qu'un vase antique

Spontanément heurté par un marteau d'airain ;

Si tout ce qui faisait ton bonheur et ta joie

Sur les ailes du temps s'enfuyait ; si tes jours

Se trouvaient tout-à-coup saisis, comme une proie,

Par ce dégoût de tout qui nous surprend toujours ;

Souviens-toi qu'il te reste encor sur cette terre

Un homme au front fervent, un véritable ami,

Dont l'existence fut une longue prière

Pour toi, qui ne l'aimais peut-être qu'à demi ;

Souviens-toi que cet homme, à sa tête chenue

L'âge eût-il arraché jusqu'au dernier cheveu,

A juré par serment d'attendre ta venue,

Juré, comprends-tu bien, et qu'il tiendra son vœu.

Alors reviens à lui, présente-toi sans crainte ;

Car, à moins qu'il ne dorme au fond de son cercueil,

Comme autrefois les Juifs recevaient l'arche sainte,

Lui-même il doit venir te recevoir au seuil ;

Car il tuera pour toi le veau gras de l'étable,

Purifira son toit par l'onde et par le feu,

Et dira, te voyant plus heureuse à sa table :

Vous qui me la rendez, soyez béni, mon Dieu !

IX.

Oh ! de ces vains propos à tournure banale,

Que te débiteront des hommes au front pâle,

    Au bal, pendant les nuits d'hivers ;

De ces mots dits bien bas, qu'aiment les jeunes filles,

Et qui font par moments, sous leurs blanches mantilles,

    Epanouir leurs cœurs plus fiers ;

De ces plaisirs trompeurs, qu'une foule brillante

Saura rendre attrayants pour toi, pauvre innocente,

Qui ne vois en tout qu'un côté,

Et qui, parmi ce monde où vogue ton étoile,

T'avances chastement sans apprêt et sans voile,

Belle de ta simplicité ;

De ces illusions enfin, dont chaque flamme

Doit laisser en mourant sa brûlure à ton âme,

Et son empreinte sur ta foi,

Garde-toi, garde-toi !

Et quand, le soir, rêveuse au fond de ta demeure,

Et chauffant au foyer tes mains d'albâtre, à l'heure

Où tout s'endort dans la cité,

Tu te diras qu'il est autour de toi, dans l'ombre,

Des hommes malheureux pour qui la nuit est sombre,

Pour qui le jour est sans clarté ;

4

Infortunés jetés en pâture à ce monde,

Comme le faon timide au vieux lion qui gronde;

Enfants au cœur souffrant et pur,

Qui croyaient fermement, en abordant la terre,

Qu'on y marchait pieds nus, comme en un sanctuaire

Dont rien ne ternissait l'azur;

Quand tu réfléchiras qu'en tombant de son faîte,

Il en est un, hélas! un sur-tout dont la tête

Aurait pu se briser sans toi,

Pense à moi, pense à moi!

X.

A LA VIERGE MARIE.

———

Vierge dont l'âme tutélaire

Plane sur nous du haut des cieux,

Fais aujourd'hui que ma prière

Trouve un écho mélodieux ;

Permets que ma voix attendrie

Quitte la terre, sa patrie,

Pour monter plus douce vers toi;

Permets que mon humble parole,

Comme un saint cantique, s'envole

Sur les ailes d'or de la foi.

C'est pour elle que je te prie,

Pour elle mes seules amours,

Mon espérance en cette vie,

Mon tabernacle, mon recours;

C'est pour celle dont la présence

Rend à mon cœur sa confiance,

Et remet à flot mon esquif;

Pour celle qui n'ose pas même

M'avouer parfois qu'elle m'aime,

Tant son cœur est simple et naïf.

Comme un naufragé sur la grève,

Où se traînent ses pieds poudreux,

J'étais triste et seul, lorsqu'un rêve

Vint tout-à-coup fermer mes yeux.

C'était elle... un pâle nuage

Avait chassé de son visage

Sa faible teinte de carmin ;

Elle me dit : « pauvre âme en peine,

» Relève-toi, brise ta chaîne !

» Marchons tous deux, voici ma main. »

Depuis ce jour, je la révère

Comme une sainte ; et chaque soir,

Près de ma couche solitaire

Sa blanche image vient s'asseoir ;

Son front où brille une auréole

Se penche vers moi, me console,

Tempère l'ombre de la nuit ;

Pareille aux parfums de la plaine,

Dans les soirs d'été, son haleine

S'exhale autour de moi sans bruit.

C'est à toi que je la confie,

Sainte mère des sept douleurs,

Porte du ciel, vierge Marie,

Secours des malheureux en pleurs ;

Je te la voue et la fais tienne ;

Sois sa patrone, sa gardienne,

Je t'en supplie à deux genoux :

Elle est si chaste, elle est si belle ;

Les archanges sont moins purs qu'elle ;

Protége-la, protége-nous !

Chartres, 1836.

III.

Avez-vous quelquefois, à l'heure solennelle

Où s'anéantit l'homme, en sa course heurté

Par la mort qui l'emporte et vole à tire d'aile

Vers un nouveau rivage et vers l'éternité;

Avez-vous assisté sur sa couche glacée

Un mourant, un ami crispé par la douleur?

Votre main à la sienne était-elle enlacée?

Vous parlait-il de Dieu, d'un avenir meilleur ?

Si vous avez passé par ces champs de détresse
Où notre âme, épurée au torrent du malheur,
Isole ses regrets et traîne sa tristesse
Comme un ramier blessé le trait de l'oiseleur ;
Au lieu des frais tableaux chers à votre bas âge,
En ces jours de soleil tardifs à s'assombrir,
Si vous avez d'abord contemplé le visage
D'un père jeune encor, qui se sentait mourir ;

Je vous plains ! car la vie est un rude voyage
Pour quiconque jeté seul sur le grand chemin
N'a pas un compagnon de son pélerinage
Qui l'embrasse le soir, et lui disc : à demain ;

Je vous plains ! car plus d'un, brisé par la souffrance,

Plus d'un, bien loin du but qu'il s'était proposé,

A l'aspect de la route où l'effroi le devance,

S'est endormi pensif au revers du fossé.

Pourquoi faut-il toujours que nos apprêts de fêtes

Commencent dans la joie, expirent dans les pleurs ?

Pourquoi Dieu, qui suspend l'orage sur nos têtes,

Sème-t-il à nos pieds les épis et les fleurs ?

Pourquoi toujours le miel à côté de l'absinthe,

La perle au sein des mers, l'herbe au bord du ravin,

Et la chose profane avec la chose sainte,

Et la raison humaine auprès du droit divin ?

Des sublimes trésors de ses jeunes années

Pourquoi chacun de nous ne peut-il retenir

Que quelques pauvres fleurs, dont les feuilles fanées

Ne s'embaument pas même au vent du souvenir?

Pourquoi tant redouter, quand frémissent les voiles,

Et que le firmament se couronne de feux,

De voguer au hasard sur la foi des étoiles,

Errant, ainsi que nous, dans le vague des cieux?

Est-ce donc qu'entrainés par le doigt invisible

Du géant sans merci qu'on appelle destin,

Nous suivons pas à pas un fil irrésistible

Dont la nuance échappe à notre œil incertain?

Soumis au moindre effort de sa toute-puissance,

Vainement notre esprit voudrait le définir;

Il marche, et nous allons... — Sa magique influence

Nous plonge tous les jours plus loin dans l'avenir.

Ou n'est-ce pas plutôt cette même vengeance

Qui nous poursuit encor de ses carreaux brûlants

Depuis l'ère d'orgueil où Satan en démence,

Escaladant du ciel les degrés vacillants,

Engagea contre Dieu son effroyable lutte,

Et bientôt retombant, vaincu, précipité,

Entraîna l'univers dans son immense chute,

Et nous marqua du sceau de sa fatalité?

Oh non !.. De nos fautes passées

Dieu ne peut conserver un si long souvenir,

Et les souillures effacées,

Son bras compatissant ne doit pas les punir.

Il est juste, il est bon, il éprouve sur terre

La femme par l'amour, l'homme par la douleur ;

Il sait, n'en doutons pas, ce que chacun enserre

De peines au fond de son cœur.

Le Dieu que j'ai rêvé n'est point le Dieu vulgaire

Qu'on adore le soir, au chevet de son lit,

En marmottant tout bas quelque absurde prière

Qu'on ne comprend pas même à l'heure qu'on la lit ;

Ce n'est point cette idole aux allures cyniques,

Toujours ivre du sang des générations,

Enfonçant à plaisir ses ongles fanatiques

Aux flancs endoloris des pâles nations.

Le Dieu que j'ai rêvé, c'est celui dont mon âme

Reconnaît au désert l'éternelle beauté,

Quand brille le soleil au zénith qui s'enflamme,

Comme un phare perdu parmi l'immensité;

C'est celui dont la voix gronde dans la tempête,

Qui du sommet des monts, des profondeurs des flots,

Entend le cri de l'aigle, et l'hymne du poëte,

      Et la chanson des matelots.

Sa présence est partout, et partout la nature

S'éveille à son appel, s'éclaire à sa lueur;

Frais rayon le matin, le soir, étoile pure,

Dirigeant vers leur but les pas du voyageur,

Il courbe tous les fronts sous sa fervente haleine;

Et, chasseur généreux, sans flèches ni réseaux,

Il protége en leurs nids la perdrix de la plaine

Et la fauvette des roseaux.

C'est lui qui, dans le bouge où l'étreint la misère,

Vient consoler le pauvre, et fait au malheureux

L'existence plus douce et la mort moins amère ;

C'est lui qui rend la force au pauvre souffreteux ;

C'est lui qui nous promet au-delà de la vie,

En mémoire des jours de notre affliction,

Sous un ciel embaumé, des vallons où l'envie

Ne mêle point d'ivraie au bon grain du sillon.

Et c'est vers cet Eden que s'élance mon âme,

Pareille en ses désirs au jeune cerf qui brame ;

C'est vers ce but lointain que se portent mes vœux ;

Et lorsque, par hasard, sur ma face affaissée

On voit se dessiner quelque vague pensée,

    C'est que je songe aux cieux.

Là point de ces désirs, insaisissables rêves,

Plus pressés qu'en hiver, dans la brume des grèves,

Les oiseaux voyageurs sillonnant l'horizon;

Point de ces vains désirs qu'on poursuit à la trace,

Sans jamais rien trouver, aussitôt qu'on se lasse,

    Qu'un gouffre où tombe la raison.

Point d'étés sans rosée et de nuits glaciales...

Point d'arbrisseaux courbés par l'effort des rafales.

Qu'elles soufflent du Sud ou du Septentrion,

Qu'importe! Si parfois leur fureur se déclare,

Oh! ce n'est pas du moins contre la fleur qui pare

Les obscurs sentiers du vallon.

C'est là que tu m'attends, n'est-ce pas, ô mon père?

Merci! toi dont la fin ouvrit à la lumière

Mes yeux auparavant aveuglés par l'erreur,

Toi qui mourus sans crainte, ainsi que meurt le sage,

Brisé par la douleur, mais fort de ton courage

Et de la paix du cœur.

Chartres,....

IV.

LES PLAINES.

———

Je suis un enfant de la plaine,

Rien ne s'oppose à mon haleine,

Rien ne borne mon horizon;

Seul, jeté par-dessus ma tête,

Le ciel de son immense faîte

Me fait une immense prison.

Qu'un autre vante ses montagnes...

Moi, j'aime mieux de nos campagnes

Le vide qui laisse à penser,

Et nos champs à perte de vue

Se confondant avec la nue

Que le zéphir aime à bercer.

Allons ! mon levrier fidèle.

Le vent fraîchit, la plaine est belle,

Le soleil se couche dans l'or ;

Mon noir fusil en bandoulière,

Je veux errer sur la bruyère,

Pendant qu'il en est temps encor.

Car il me faut la solitude

Et la nature inculte et rude

Pour fixer mon cœur incertain ;

Il faut, pour émouvoir mon âme,

Des cieux de pourpre, il faut sa flamme

Au cratère napolitain.

Marchons ! c'est le soir, quand la terre

Semble regarder en arrière,

Pour dire au jour un long adieu,

Quand la clochette du village

Chante son cantique au nuage,

Qu'on doit s'isoler avec Dieu.

Tout se tait. La perdrix timide

S'endort au sein du trèfle humide,

Et le ramier dans le taillis ;

Par moments, du fond des ténèbres

S'élancent, tristement funèbres,

Les vagissements des courlis...

A genoux, et priez ! c'est l'heure

Où le pauvre, dans sa demeure,

Bénit la main qui le nourrit ;

C'est l'heure où sur cette humble terre

L'enfant sommeille, l'homme espère,

Et croit qu'un ange lui sourit.

C'est aussi l'heure où, dans les villes,

Le riche usé en efforts stériles

Ses flancs minés par le plaisir,

Et jette au démon de l'orgie

Les restes flétris d'une vie

Qui ne connaît plus de désir ;

Vassal tremblant de qui lui donne,

Que le mendiant abandonne

Au plus offrant sa liberté ;

En proie au remords qui le tue,

Que l'opulent se prostitue

Aux baisers de la volupté...

Moi, plus libre que la gazelle,

Je chanterai l'hymne éternelle

Comme les harpes du saint lieu ;

Et loin des crêtes azurées ,

Mon âme, en voyant nos contrées ,

Comprendra l'infini de Dieu.

Car je suis un fils de la plaine ,

Rien ne s'oppose à mon haleine ,

Rien ne borne mon horizon ;

Seul, jeté par-dessus ma tête ,

Le ciel de son immense faîte

Me fait une immense prison.

Chartres.

V.

I.

Qui! moi! déflorant la couronne,

Espoir des fronts illuminés,

Renier le Dieu qui la donne

A ses enfants prédestinés!

Moi mêler, dans ma poésie

Infidèle à sa mission,

L'absinthe amer à l'ambroisie,

La froideur à la passion !

Moi... qui, sentant sous ma poitrine
Tressaillir le verbe inspiré
Devant lequel la foi s'incline,
Lorsque l'amour l'a consacré,
Voudrais, indompté comme l'onde
Que son lit ne peut contenir,
Etendre au loin ma voix féconde
Sur les plaines de l'avenir. —

Ah ! s'il m'était permis, poëte,
Dieu sur terre, étoile au zénith,
Aigle chantant dans la tempête,
Phare bâti sur le granit,

D'entendre, à ma base de pierre,

Le bourdonnement des humains

Etonnés de voir ma lumière

Se refléter sur les chemins;

Si la foule ardente et frivole

Sortait de ses vallons étroits

Pour s'abreuver à ma parole

Qui bruïrait au seuil des rois;

Si j'étais parmi les prophètes

Ce que furent Dante ou Milton,

Volcans éteints, mais dont les crêtes

Fument toujours à l'horizon;

II.

Je n'irais point, forçant les portiques du temple,

Dire à l'homme qui rêve un céleste avenir :

« Songes-y, pauvre fou, l'Eternel ne contemple

» Ni ce qui doit tomber, ni ce qui doit finir,

» Et tout finit en nous... Cette terre embaumée,

» Que la foule inquiète ébranle sous ses pas,

» Est un gouffre sans fond, une hyène affamée

« Qui vit des restes du trépas...

» Tout finit... Et tu sais que la tombe est avare,

» Que jamais son secret ne fut moins révélé ;

» Qu'il n'est plus de Jésus, qu'il n'est plus de Lazare,

» Et que depuis long-temps les morts n'ont pas parlé ;

» Tu le sais ! crois-moi donc, crois le ver qui s'allonge

» Aux planches du cercueil où l'humanité dort ;

» L'âme, c'est un vain mot... la foi, ce n'est qu'un songe....

  » Et rien n'est réel que la mort. »

Aux lèvres de celui dont la voix se consume

En paroles d'amour, échos plaintifs du cœur,

Je n'approcherais pas la coupe d'amertume,

  Pleine encore de sa douleur ;

J'attendrais que le temps affaiblît en son âme

Les transports indomptés, l'ardeur des premiers jours ;

Où donc est-il celui qui peut dire à la flamme :

  Ici s'arrêtera ton cours ?

Je n'effacerais pas ses songes éphémères

Sous le stigmate impur de ma plume de fer ;

Loin de moi le désir d'effeuiller des chimères

Pour leur substituer l'enfer...

Il en coûte souvent bien des pleurs et des peines

Pour une illusion détruite sans retour ;

Oh ! non, ce n'est pas moi qui briserais des chaînes

Légères aux mains de l'amour.

Je ne m'écrirais pas : « qu'est-ce donc que la gloire,

» Ce but tant désiré des fragiles humains,

» Cette source cachée où tant ont voulu boire,

» Dont si peu trouvent les chemins ?

» La gloire, ce n'est rien, rien qu'un lointain mirage,

» Hallucination de nos sens hébétés,

» Qui , sans cesse fuyant , glace notre courage,

» Et ternit nos yeux attristés. »

Non. — Ce n'est point ainsi que parle le poëte. —

Messager de bonheur quand il descend des cieux,

Un seul de ses regards doit calmer la tempête

Et dérider les plis de nos fronts soucieux ;

Le Seigneur, l'envoyant lorsque gronde l'orage,

Nous le donne pour guide au sein de nos erreurs ;

Son âme est l'arche immense où, sans peur du naufrage,

S'abritent toutes les douleurs.

Il a des pleurs pour tous, à tous sa main mesure

Le baume généreux que réclament leurs maux ;

Aux cœurs endoloris sa voix paraît plus pure

Que la brise du soir aux feuilles des ormeaux. —

Son existence entière est une hymne plaintive

D'amour, de charité, d'espérance et de foi,

Jusqu'à l'heure de deuil où la mort trop hâtive

L'asservit enfin à la loi.

III.

Et moi, quand chaque soir, tristement affaissée,

Ma tête s'abandonne à ses rêves amers ;

Quand je laisse à son gré s'égarer ma pensée

Plus vague en ses élans que le vent sur les mers ;

J'entends frémir parfois d'étranges harmonies ;

L'univers à mes pieds roule mélodieux,

Et j'écoute en tremblant les longues symphonies,

Eternel hozanna des anges dans les cieux.

Puis leur aile d'azur vient rafraîchir ma face ;

Ils traversent les airs, ils me tendent la main :

Pourquoi donc m'engager à suivre votre trace,

Anges ?... Il n'est pas temps, attendez à demain.

Laissez-moi vivre encor jusqu'à demain... La terre

Se montrera peut-être attentive à mes chants,

Elle qui dès long-temps, comme une vieille mère,

Pleure en voyant les pleurs de ses petits enfants ;

Elle m'écoutera : car son flanc qui se ride,

Lentement desséché par de chaudes vapeurs,

Implore maintenant un soleil moins aride,

Et quelques gouttes d'eau pour calmer ses douleurs ;

Laissez-moi vivre encor... Car la fleur passagère,

Eclose le matin aux créneaux du manoir,

Peut, dans les courts instants de sa vie éphémère,

Epandre en voltigeant son parfum jusqu'au soir.

Chartres.....

VI.

A UNE ÉTOILE.

Petite étoile solitaire,

Qui là-bas, dans un ciel d'azur,

Loin de la brume de la terre,

Brilles d'un reflet chaste et pur,

J'aime de ta flamme tremblante

La mélancolique pâleur;

J'aime ta clarté vacillante :

Ainsi tout vacille en mon cœur.

Malgré le feu qui t'environne

De son cercle silencieux,

Malgré tes doux attraits, personne

Sur toi ne jettera les yeux;

Et sans les regards de la nue

Qui te baise au front en fuyant,

Tu t'éteindrais inaperçue

Au premier rayon du Levant.

Las! tu ressembles à mon âme,

Etoile, mes blanches amours;

A toi la nue, à moi la femme

Que ma tristesse attend toujours.

Mais à tous deux la poésie !

Eh ! que nous importe, ô ma sœur,

Que l'homme passe, et nous oublie ?

N'avons-nous pas Dieu pour auteur ?

Chartres......

VII.

A MADAME G. DE L.

Madame, votre aspect est cher à la tristesse.

Soit que votre regard se relève ou s'abaisse,

Soit qu'au gré d'un caprice il erre vaguement,

Toujours même douceur s'y révèle... et votre âme

Y resplendit toujours comme un rayon de flamme

Tombé du firmament.

Le vieillard qui raconte, et l'enfant qui babille,

7

L'homme aux graves pensers, la blonde jeune fille,

L'épouse au teint plus pâle, au front plus soucieux,

Trouvent également sur vos lèvres agiles

Des termes si touchants, des propos si faciles,

Des mots si gracieux,

Que chacun se demande, au sortir de vos fêtes,

S'il est vrai que, laissant vos œuvres imparfaites,

Vous devez nous quitter pour ne plus revenir. —

Oh! s'il faut qu'à nos vœux le destin vous ravisse,

Allez!.. et que partout le ciel vous soit propice!

Il nous reste le souvenir.

Chartres, 1836.

VIII.

HOLY-ROOD.

I.

Peuples ! il fut jadis une sainte puissance

Appelée à tenir dans ses mains la balance

Où venaient s'entasser vos intérêts divers ;

Il fut un point d'appui, base antique et sacrée,

Que Dieu semblait avoir lui-même consacrée

Au salut de votre univers ;

Il fut un bras auguste et fort qui, d'âge en âge,

Devait toujours laisser quelque sublime ouvrage,

Quelque grande leçon pour la postérité ;

Un bras qui, seul debout au milieu des tempêtes,

Pendant douze cents ans s'étendit sur vos têtes :

Peuples ! c'était la royauté.

Non pas la royauté, cette femme inféconde,

Sans origine au ciel, sans prestige en ce monde,

Donnant ou refusant, selon l'enchérisseur,

Ses faciles baisers à qui se sent capable

De mettre pour enjeu son honneur sur la table,

Et de se livrer corps et cœur;

Mais cette royauté, vierge intrépide et fière,

Qui, son droit d'une main, de l'autre sa bannière,

Les deux pieds appuyés au disque d'un pavois,

Noble par la valeur, superbe par la taille,

Monta, le sabre au poing, après une bataille,

  Sur les épaules des Gaulois.

II

Et c'est elle pourtant que vous avez brisée.

Ne la regrettons pas! Quand de sa pourpre usée

La foule, en blasphémant, sema les vieux lambeaux;

Quand le trône croula, quand sur ses marches froides

On vit, après trois jours, des corps sanglants et roides

S'échelonner en lourds monceaux;

Certe il était permis à la voix populaire

De dire aux descendants des anciens rois : arrière !

Les temps sont accomplis, votre règne est passé.

Pareil au flot des mers qui mugit et s'avance,

Voici venir le peuple et sa lourde vengeance :

Arrière ! vous l'avez lassé.

Alors verser des pleurs sur la race flétrie,

C'eût été, je l'avoue, outrager la patrie,

Et les braves tombés en défendant leurs droits;

Le sang frais des martyrs avait encor sa trace,

Et des pleurs de regret ne pouvaient trouver place

Que sous des cerveaux bien étroits.

D'ailleurs, tous nos regrets, nos sanglots, nos prières,

Le tribut imposant de nos larmes amères,

Nos soupirs et nos vœux appartenaient d'abord

A nos concitoyens qui, frappés par les balles,

Gisaient, la face au vent, sur le granit des dalles,

Les membres crispés par la mort.

III.

Aujourd'hui cependant qu'un roi sexagénaire

Dispute à la merci d'un avide insulaire

Les restes d'un palais en ruine ; aujourd'hui

Que, seul comme un coupable, il vieillit en silence

Sous un ciel qui n'est point le beau ciel de la France,

Sous un ciel moins sombre que lui ;

Lorsque notre pensée insouciante et folle

Vers ce noble proscrit avec peine s'envole ;

Lorsqu'auprès du foyer, et le front dans nos mains,

Un souvenir confus, une idée importune

Nous le montrent courbé par sa vaste infortune,

Et tout blanchi par les chagrins ;

Devant ce grand débris d'une puissance éteinte

N'avons-nous pas en nous une corde qui tinte,

Une voix qui gémit, comme en ces nuits de deuil

Où, cachés à nos yeux sous les plis d'un suaire,

S'effacent les contours d'une tête bien chère

      Dont va s'emparer le cercueil ?

Pour moi quand, par hasard, je m'arrête et je songe

A ce règne écroulé plus promptement qu'un songe,

A ce sceptre emporté par le vent des trois jours ;

Quand il me semble encor, sur nos routes désertes,

Voir fuir, en se hâtant, ces cohortes ouvertes

      Par les pavés des carrefours ;

Je me dis qu'à l'aspect d'une telle misère,

Le sang le moins bouillant, l'âme la plus altière,

Doivent également s'émouvoir et fléchir ;

Et qu'ils ont le cœur froid et changeant comme l'onde,

Ceux qui n'accordent pas aux malheurs de ce monde

Un grave et dernier souvenir.

Chartres, 1832.

IX.

Il est loin de la ville une onde solitaire. —

C'est là qu'inaccessible aux clameurs de la terre,

Souvent je me plais à m'asseoir ;

C'est là qu'abandonnant le frein à sa pensée,

Mon âme, au gré des vents nonchalamment bercée,

Aime à rêver quand vient le soir.

Rêver, c'est le bonheur. — Près du saule qui laisse

Tomber ses longs rameaux avec tant de mollesse,

Comme des pleurs, parmi les eaux,

Sous un dais de feuillage, et sous un ciel sans voiles,

Aux plaintes de la brise, aux clartés des étoiles,

Les rêves sont toujours si beaux !

Rêver, c'est le bonheur. — Peut-être, lorsqu'au monde

J'aurai sacrifié mon âme si féconde

Pour un infécond avenir,

Peut-être, rassemblant mes anciennes pensées,

Pauvres fleurs d'autrefois vaguement dispersées

Dans l'abîme du souvenir,

Je me dirai : pourquoi, moi qui fus sans envie,

Ai-je à l'ambition sacrifié ma vie

Pleine d'extases et d'amours ?

Pourquoi, foulant aux pieds les dons de la nature,

Me suis-je présenté, naïf et sans armure,

A ce monde qui ment toujours ?

Moi qui ne demandais au ciel qu'un peu de place,

Pour y dormir en paix quand ma voix serait lasse

De chanter la création ;

Moi pour qui chaque jour était un jour de fête,

Et qui ne désirais, pareil à l'alouette,

Qu'un brin d'herbe au bord du sillon.

Chartres.....

8

DEUXIÈME PARTIE.

I.

A MES SŒURS.

―――――

I.

Vous dont j'aimais à voir le gracieux visage

Me sourire, en ces jours de printemps où l'orage

N'avait point de ses feux frappé mon front d'enfant,

Mes sœurs, qu'en mon exil souvent j'ai désirées,

Dont je parle souvent, dans nos longues soirées,

Au vieux marin breton qui m'écoute en rêvant;

Peut-être on vous a dit, depuis plus d'une année

Que le vent à son but pousse ma destinée,

Depuis que j'ai quitté, par un étrange instinct,

Les sillons de nos champs pour la dune des plages,

Que mes pensers changeants ressemblaient aux nuages

Confusément épars sous un ciel incertain;

Que tout sous ma poitrine était insouciance,

Vague indécision, stérilité, démence,

Amour-propre sans borne, erreur et fausseté;

Et qu'enfin je n'avais, moi fils de cette terre,

Ni confiance en Dieu, ni respect pour ma mère;

Ni souvenir du sein qui m'avait allaité.

Ceux qui vous ont ainsi parlé de votre frère,

Oh ! ne les croyez pas ! car elle est mensongère

Cette voix de la foule au jugement hâtif,

Qui, sur les naufragés conjurant la tempête,

Rit de leurs vains efforts, et se fait une fête

Du navire qui vient d'échouer au récif.

Accablés sous le poids d'une injuste sentence,

Combien ont succombé, dont plus tard l'innocence,

Comme un phare au milieu des brumes de la mer,

Se révéla soudain exempte de souillure !

Combien, d'abord perdus dans une nuit obscure,

N'attendent point en vain un horizon plus clair !

II.

Si j'ai cru devoir fuir, en un soir de tristesse,

Le toit où, faute d'air, s'épuisait ma jeunesse;

Si j'ai mis entre nous, par un rapide essor,

Les monts et les côteaux à vertes chevelures,

Et les fleuves laissant leurs flots aux doux murmures

Baigner avec orgueil un lit de sable d'or;

Si je m'en suis allé, poétique rapsode,

Poursuivant une idée, et récitant une ode,

M'éveillant tour-à-tour rieur ou soucieux;

Et lorsque je souffrais de ce cruel martyre,

De ce mal du pays impossible à décrire,

Tombant sur mes genoux, et regardant les cieux ;

C'est qu'il faut aux oiseaux, et qu'il faut au poëte

Une atmosphère vaste où rien ne l'inquiète,

Excepté sa pensée aux mobiles couleurs :

Le barde, comme l'aigle, aime la solitude ;

Ce n'est que sur des bords où la falaise est rude

Qu'il chante librement l'hymne de ses douleurs.

III.

Et puis, vous le savez, pour les fils de notre âge

La sainte poésie est un triste apanage,

Un champ dont l'avalanche a broyé les épis ;

On n'y récolte plus que quelques fleurs fanées,

Quelques pâles lichens aux feuilles décharnées,

Trop heureux de ramper au milieu des débris.

Aussi, lorsque l'adulte, au foyer de famille,

Vers le haut firmament levant son front qui brille,

Comme pour écouter des sons aériens,

Semble prêt à vouloir poursuivre dans l'espace......

Le nuage qui glisse, ou l'éclair qui s'efface ;

Lorsqu'au mépris du monde et des terrestres biens,

Loin des sentiers frayés par la foule importune,

Il se prend à chercher, au lieu de la fortune,

Ce qu'on cherche depuis si long-temps, le bonheur ;

Et qu'il croit, puisse-t-il mourir en sa croyance,

Au lointain moins obscur voir grandir l'espérance

Du divin avenir où se complaît son cœur;

Pour lui bientôt, ainsi qu'un flambeau de théâtre,

S'éteint spontanément le gai sarment de l'âtre

Qui lui prêta vingt ans son abri protecteur;

On le traite de fou, d'homme sans énergie,

De songeur indolent, et dépensant sa vie

A contempler de loin une fausse lueur;

Et son pain est pétri de fiel et d'amertume,

Et quand l'hiver retient près du feu qui s'allume

Les proches que le soir en cercle a réunis,

On lui demande un compte exact de sa journée;

Et s'il dit que la source à la mer entraînée

Ne sait pas les détours que son onde a suivis,

Alors on lui répond qu'il n'est sur cette terre

Rien de plus mensonger que la sotte chimère

De ces bardes chantant leurs vers à tous venants,

Et que la poésie, en nos jours de tempête,

Peut servir à tourner un compliment de fête,

Rehausser une enseigne, amuser les passants.

IV.

C'est l'histoire du siècle, hélas! et c'est la mienne. —

Qu'un autre, en sa bonté complaisante, s'abstienne

De jeter aux échos du sonore avenir

Les plaintes qu'à sa lèvre arracha la souffrance ;

Moi, dont l'orgueil blessé fut réduit au silence,

J'ai besoin de me plaindre, et de me souvenir.

J'ai besoin d'annoncer aux enfants d'un autre âge

Que si, pendant le cours de leur pélerinage

Au sein d'un univers lourd de réalités,

Ils se heurtent pensifs à ses angles, personne

Ne viendra sur leur front redresser leur couronne,

Tant l'homme est égoïste, et marche à pas comptés.

Ma mère, écoutez-moi ! Votre amitié constante

Ne me manqua jamais aux heures de tourmente ;

Vous avez bien souvent, au bord de mon berceau,

Veillé, pleuré, prié... car, pendant ma jeunesse,

Ma voix ne proférait pour hymnes d'allégresse

Que des soupirs pareils aux soupirs du roseau.

Afin de rappeler sur ma face pâlie

Le rire consolant qui dénote la vie,

Rien ne vous a déplu, rien ne vous a coûté;

Soins, peines sans relâche, ardentes insomnies,

Espérances du soir par le soleil trahies,

Longues nuits près d'un fils à la mort disputé;

Tout semblait accabler votre inexpérience...

Mais puisant votre force en cette confiance

Qui ramène vers Dieu nos pensers moins amers,

Vous avez accompli la tâche maternelle;

Et c'est en m'abritant aux plumes de votre aile

Que j'ai bravé le froid de mes premiers hivers.

Aussi ne craignez pas que mon ingratitude,

Prompte à se dépouiller de tout respect, élude

L'impérieux devoir de bénir votre nom;

Si mes vers, s'envolant par strophes de ma lyre,

Plus haineux aujourd'hui, résonnent pour maudire,

S'adressent-ils à vous? à vous, ma mère? oh, non!

V.

Ils s'adressent à ceux qui, dans l'insouciance

Où se plaît mon esprit, de glace en apparence,

Dans l'instabilité de mon cœur trop naïf

Qu'un cri fait tressaillir, qu'un simple doute oppresse,

N'ont jamais entrevu que torpeur et paresse :

Ceux-là seuls ont piqué ma fierté jusqu'au vif.

Ma mère, il en est un sur-tout qui vous est proche ;

Toujours en m'abordant il mâchait un reproche,

Toujours il me toisait de son regard glacé ;

Et tout petit enfant, m'enfuyant à sa vue,

J'allais, je m'en souviens, pensif à sa venue,

Me cacher au jardin, de peur d'être embrassé.

S'il existe vraiment un lien de famille,

Si, parmi les erreurs dont ce monde fourmille,

L'affection innée est une vérité,

Peut-être avais-je tort d'éviter sa présence :

Quel nom donner alors à mon indifférence ?

Etait-ce idiotisme, ou puérilité ?

C'était ce qu'on voudra... Mais certain soir, à l'heure

Où le pâtre en chantant regagne sa demeure,

Moi je quittai la mienne où tout s'était aigri,

Et le cœur de ma mère, et le pain de sa table ;

Et content d'éviter une lutte coupable,

Quoique triste pourtant au fond, je suis parti.

 **VI.**

Je reviendrai. — Le temps qui ferme les blessures,

9

Cicatrisant bientôt mon âme aux sourds murmures,

Mon âme, vaste temple ouvert à tous les vents,

Ramènera mes pas vers la terre natale

Où puissent mes amis qu'épargna la rafale

Comprendre en leurs écarts mes rêves décevants.

Si j'en crois par moments la voix énigmatique

D'un oracle secret que mon désir explique,

Je dois revoir encor surgir à l'horizon

De nos clochers hardis les flèches dentelées,

Tubes retentissants qui jettent par volées

Les glas d'un vieux beffroi tout fier de sa prison.

Je dois revoir la plaine où, narguant la disette,

S'endort le laboureur et chante l'alouette,

Accoutumés à vivre aux dépens du sillon ;

Et les troupeaux errant sur le flanc des bruyères,

Et, quand l'automne en feu séchera les clairières,

Les longs fils de la Vierge aux branches du buisson.

Je m'arrête. — Mes sœurs, acceptez-en l'augure :

Avant que le grillon caché sous la verdure

Ait senti s'épaissir l'herbe de nos vallons ;

Avant les fleurs des prés et les feuilles du saule,

Las de m'assujettir au destin qui m'isole,

Je hâterai ma course, et nous nous rejoindrons.

Saint-Benoît-des-Ondes, près Dol. — 1836.

II.

VERS ÉCRITS EN MER, SOUS LE CAP FRÉHELN.

A moi la vie errante et ses mille hasards,

Et l'avenir perdu sous un lit de brouillards. —

Ma patrie à moi, c'est le monde,

C'est la nature que féconde

Un seul regard de l'Eternel ;

C'est la terre que mon pied foule,

L'air qui bruît, la mer qui roule

Ses flots profonds comme le ciel.

C'est le chêne à l'épais feuillage,

Qui me prête contre l'orage

L'abri de ses larges rameaux ;

C'est tour-à-tour, et peu m'importe,

Ou le char bruyant qui m'emporte,

Ou la barque qui fend les eaux.

Partout où, pour poser ma tête,

Sans que rien abaisse le faîte

De mes pensers toujours hautains,

Parmi l'herbe de la clairière

Je rencontre un lit de bruyère

Vierge encor du pas des humains ;

Partout où tombe la rosée,

Partout où bondit, plus aisée,

L'âme, ainsi qu'un coursier sans mors,

J'ai mon asile et mon domaine ;

Narguant le destin qui m'entraine,

Je vis, je songe, je m'endors ;

Et convaincu que c'est démence,

De calculer la différence

Des chemins qui nous sont ouverts,

J'accepte tout, ronces et mousse ;

Et je vais où le vent me pousse,

Comme le sable des déserts.

A moi la vie errante et ses mille hasards,

Et l'avenir perdu sous un lit de brouillards. —

Août 1836.

III.

PENDANT L'IVRESSE.

(SCÈNE DRAMATIQUE).

I.

Amis, j'aime l'ivresse... Elle plaît à mon âme

Comme au tauréadore un brun regard de femme;

Elle ouvre en moi l'issue aux pensers généreux;

Quand j'aspire, en buvant, la mousse qui pétille,

Quand je suis ivre, amis, et que mon front scintille,

Ce monde me paraît l'antichambre des cieux.

Tour-à-tour je me crois pâtre, pacha, poëte;

J'ai du feu dans le cœur, j'ai du feu dans la tête;

J'embrasse le passé, le présent, l'avenir;

Et me sentant grandir au fracas de l'orgie,

J'échafaude à l'entour de la nappe rougie

Des rêves dont l'aspect ne peut se définir.

II.

Vivat! versez toujours!... Allons, les jeunes filles,

Dansez vos fandangos, dénouez vos mantilles,

Aplanissez le sol sous vos pieds bondissants ;

Toi, Joanna, dis-nous ta chanson grenadine,

Pendant qu'à l'horizon le soleil qui s'incline

Couronne l'Alhambra de feux éblouissants.

Dis-nous le chevalier fuyant dans la vallée,

Et les regrets tardifs d'Inès la désolée,

Abandonnant pour lui sa mère et son manoir ;

Et leur premier baiser sous un oranger sombre,

Et comment un rival, aussi pâle qu'une ombre,

Et par monts et par vaux les suivit jusqu'au soir.

Hâte-toi ! — Mais déjà l'heure de la prière

Ebranle à coups égaux les tours du monastère.

— Renvoyé par l'écho de vallons en vallons,

L'angelus vibre et meurt. — A genoux, Espagnoles,

Oubliez un instant vos allures frivoles,

Et les refrains naïfs de vos tendres chansons.

Remercions le Dieu protecteur de nos pères

Qui, chassant devant eux les bandes étrangères,

Engloutit leurs débris sous nos rochers croulants ;

Si l'olive mûrit sur nos libres collines ;

Si nous ne semons point au milieu des ruines

Le blé qui nourrira des vainqueurs indolents ;

C'est que ce Dieu puissant, que ma bouche publie,

Remue et volcanise, aux cris de la patrie,

Notre sang montagnard, que l'amour rend si doux ;

C'est que sa main nous donne, au jour de la détresse,

Pour frapper sans merci, pour fuir avec vîtesse,

Le poignard tolédan, les coursiers andaloux.

Oh ! qu'elle est noble cette terre

Que jamais nul n'a su dompter;

Qu'elle nous soit long-temps prospère,

Long-temps fatale à l'étranger !

Pauvre pâtre ignoré des Sierra d'Espagne,

J'ai, pareil au vautour, mon nid sur la montagne,

Puis après cela, rien, ni trésors, ni blason ;

Et pourtant je préfère à l'or, à la noblesse,

Espagne, ton soleil, et la simple rudesse

De ton fastueux horizon.

Salut, berceau du Cid. — Ces cavaliers numides

10

Qui galopaient jadis sur nos côteaux arides,

Ces Gitanos aux fronts altiers

Baignant, comme à plaisir, dans le sang de nos frères

L'étincelant acier de leurs longs cimeterres

Et l'aigrette de leurs cimiers ;

Ces Sarrasins maudits, nos despotiques hôtes,

Dont un vent d'Orient amena vers nos côtes

Les esquifs chargés de soldats

Qui juraient par Allah, leur impuissante idole,

Et profanaient l'autel, où notre Dieu s'immole,

Du scandale de leurs ébats ;

Où sont-ils ? où sont-ils ? Demandez à l'orage

Vers quelles régions s'est enfui le nuage

Que son souffle chassait hier...

Demandez au récif, où se brise la houle,

Vers quels vieux océans son dur contact refoule

Le flot qui s'avançait si fier?

Ils ont passé.... Les cris que poussaient leurs cohortes,

Dont la rage impuissante expirait à nos portes,

N'ont d'écho que dans nos romans ;

Et si le voyageur doute de cette histoire,

Nous pouvons lui montrer, conquis par la victoire,

Les dômes de leurs monuments.

Plus tard, et de nos jours, un czar au profil d'aigle,

Pour nos bois d'aloès quittant ses champs de seigle,

Dit à ses bataillons gaulois :

« Ce pays m'appartient, plantez-y ma bannière ;

» Dieu, qui m'accorde tout, a promis cette terre

» A ma postérité de rois. »

Et s'élançant soudain, les phalanges fidèles

Aux paroles du chef étendirent leurs ailes

Comme ces insectes nombreux

Qui tombant, au printemps, parmi les herbes vertes,

Dévorent les moissons qu'a vainement couvertes

L'engrais du Nil au flanc vaseux.

Généraux et soldats, où sont-ils à cette heure ?...

Le sol où, par avance, ils fixaient leur demeure,

Long-temps encor leur restera ;

Compagnons, criaient-ils, à tous même partage !..

Vous n'avez point trompé leur fraternel présage,

Gras vallons de Talaveyra.

Peut-être l'Espagnol, quand l'été lui ramène

Le grain multiplié qu'il eût tenu sans peine,

En le semant, dans ses deux mains,

Se demande, étonné, d'où provient sa richesse ;

Qu'il se rappelle alors que sous ses pieds il presse

Dix mille cadavres humains.

Et lui, czar conquérant, sans gloire et sans armée,

S'en alla de tes monts, Espagne bien aimée,

Plus pâle qu'il n'était venu ;

Il partit soucieux, et ce furent nos pères,

Dont le bras étreignit ses formidables serres,

Qui lui mirent les chairs à nu.

S'il fallait aujourd'hui que sur notre patrie,

Ainsi qu'un glas de mort, grondât l'artillerie

De quelque obscur dominateur;

Si nous devons revoir, à l'horizon de brume,

Se découper les feux du bivouac qui s'allume;

Si le poids d'un glaive oppresseur,

Surchargeant le plateau, lourd de nos destinées,

Changeait dans nos cités tout-à-coup enchaînées

Le libre arbitre du hasard ;

Si le prétexte vain de réduire l'émeute

Donnait moyen aux rois de nous lâcher leur meute,

Sois-moi fidèle, ô mon poignard !

Car elle est noble cette terre

Que jamais nul n'a su dompter ;

Qu'elle nous soit long-temps prospère,

Long-temps fatale à l'étranger !

Pauvre pâtre ignoré des Sierra d'Espagne,

J'ai, pareil au vautour, mon nid sur la montagne,

Puis après cela, rien, ni trésors ni blason ;

Et pourtant je préfère à l'or, à la noblesse,

Espagne, ton soleil, et la simple rudesse

De ton fastueux horizon.

Mais reprenez vos jeux !.... allons, les jeunes filles.

— La prière a cessé. — Dénouez vos mantilles,

Aplanissez le sol sous vos pieds bondissants.

Joanna, chante-nous ta chanson grenadine,

Pendant qu'à l'horizon le soleil qui s'incline

Couronne l'Alhambra de feux éblouissants.

Chante !..

      Non. — Ce n'est plus l'Espagne. — Quel délire

      Subjugue mon cerveau brûlé ?

Le couchant qui s'éteint, l'Angelus qui soupire,

Grenade, l'Alhambra, la danse au pas ailé,

L'hymne emporté vers Dieu sur les flancs du nuage ;

Tout cela n'était-il qu'un rêve... un rêve creux ?

Eh ! mais si, par hasard, j'étais ivre ?... A mon âge,

A vingt ans... s'enivrer, ah ! fi donc, c'est honteux.

— A mes regards tout fuit et disparaît. — A peine

Un vague souvenir, où le passé s'enchaîne,

Agite encor mon sang... Qui ! moi ! pâtre espagnol ?

Moi, boire à la fontaine, et dormir sur le sol ?

Moi, boire à la fontaine ? ah ! quelle anomalie !

Du vin, toujours du vin, versez jusqu'à la lie !

Oh ! que l'ivresse est belle, amis !

III.

Par mon patron,

Je me nomme Sélim, gouverneur de Coron,

Vassal du Grand-Seigneur, et pacha de Morée ;

J'ai cinq cents Albanais à la face cuivrée,

Pour m'escorter dans le pays ;

Ils se montrent, je suis le maître ;

Et quand un mécréant hésite à se soumettre,

Dieu le garde de mes spahis.

— C'est à moi qu'appartient ce palais de porphyre,

Et ce bassin de marbre où, chaque soir, se mire

La reine des nuits d'Orient,

Sitôt que, s'élançant au firmament bleuâtre,

Brillante, elle apparaît, comme sur son théâtre,

La Bayadère au front riant.

A moi l'amour jaloux de mes pâles sultanes

Et les baisers ravis aux lèvres diaphanes

Que parfume le narghilé;

A moi les souvenirs de gloire et de génie

Attachés aux récifs où le flot d'Ionie

Baigne les rivages d'Hellé.

Car je ne fus jamais de ces pachas vulgaires,

Tyrans au cœur avide, aussi durs que les pierres

      Des chefs-d'œuvres détruits par eux;

Et sans l'ordre formel que m'a remis la Porte

D'étouffer froidement la Grèce demi-morte,

      Qui sait? j'étais né généreux... —

Silence! arrière tous! Esclave, voici l'heure

Où, s'appuyant à peine aux tapis qu'elle effleure

      De ses petits pieds de Peri,

Leila vient près de moi s'asseoir silencieuse;

Esclave, va-t-en dire à ma blanche amoureuse

      Que son sultan l'attend ici.

— Approche, ma Leila. Tandis que la nature

S'abreuve à la fraîcheur et s'endort au murmure

    Du vent parmi les noirs cyprès ;

Tandis qu'autour de nous aucun bruit ne s'élève,

Sauf le bruit éloigné de la mer qui soulève

    Les coquillages diaprés ;

Tandis que je suis seul à respirer ton âme,

Demandant pour tout bien à ta bouche de femme

    La grâce d'un aveu d'amour ;

N'est-ce pas, n'est-ce pas que la nuit semble douce,

Et qu'on serait heureux, n'eût-on qu'un lit de mousse,

    Comme le pauvre Giaour ?..

A qui se sent aimé qu'importe l'indigence ?

Giaour sans abri, maudit, sans espérance,

Qu'importe à qui se sent aimé

Cette fumée au vol incertain, la richesse,

Dangereuse toujours aux poitrines qu'oppresse

Son parfum inaccoutumé?..

Je suis riche et puissant. Dans la verte prairie

Bondissent pour moi seul cent coursiers d'Arabie,

Indociles au frein encor;

Coursiers de noble sang et de fière encolure,

Pour lesquels, par Allah! ce serait une injure

Qu'un coup de mon éperon d'or...

J'ai des palais d'été, des bains sous les ombrages,

Des kiosques perdus au milieu des feuillages,

Des armes pour mille guerriers;

Et puis aussi des Grecs, vanité de la gloire!

Hommes sans caractère, esclaves sans mémoire,

Pour me tenir mes étriers...

Rien ne me manque, enfant. Eh bien! si ma fortune,

Comme la vague blanche aux cailloux de la dune,

Se brisant soudain devant moi,

Cessait, trop vacillante en ses changeants caprices,

D'enhardir mon essor, de seconder mes vices;

Entre mes richesses et toi.

Si Dieu me contraignait à choisir, sur mon âme,

Je mépriserais l'or, et je prendrais la femme

Dont l'aspect est pour moi le jour:

Le bonheur que chacun, avec inquiétude,

Poursuit dans le plaisir, ou rêve dans l'étude,

    Le bonheur ! il est dans l'amour.

Et nous fuirions ensemble aux lieux où la verdure

Boit les pleurs ignorés d'une aurore plus pure ;

    Et, le soir, je te chanterais,

En présence des cieux, notre dernier asile,

L'hymne qu'a retenu ma mémoire facile,

    L'hymne des Klephtes albanais...

Et nous serions heureux : car, plus qu'un lit de soie,

Plus que ce vain pouvoir qui repousse la joie,

    Plus que la fortune et ses jeux,

Libre des nœuds de fer de ma chaîne dorée ;

J'aimerais, moi, Sélim, pacha de la Morée,

Un sourire de tes yeux bleus.

Leila ! rapproche-toi ! qui donc forme si belle

Cette paupière humide où ton ame étincelle ?

D'où sors-tu, perle d'Orient ?

Es-tu quelque sylphide à l'aile vagabonde,

Condamnée à mourir exilée en ce monde ?

N'es-tu qu'un songe décevant,

Un de ces feux follets qu'on voit, dans la nuit brune,

Se jouer aux rayons caressants de la lune,

Et disparaître le matin ?

— Feux trompeurs qui toujours mènent aux précipices. —

Tes regards ne sont-ils que des clartés factices ?

Dois-tu disparaître demain ?

Non, tu n'es point un songe. A ton épaule blanche

Permets-moi d'appuyer ma tête qui se penche

Comme le saule des tombeaux ;

Ton sein près de mon sein, et ta main dans la mienne,

Permets-moi de rêver jusqu'à ce que revienne

L'aube humide aux fleurs des côteaux...

Non, tu n'es point un songe. — A côté d'une amie

Suave est le bonheur, douce la rêverie,

Qu'on soit pâtre, poëte ou roi...

Veille sur moi, Leila !.. car je sens ma pensée

S'envoler de mon front... et m'échapper brisée ;

O ma Leila, veille sur moi !..

(Sommeil.)

11

IV.

LE SONGE.

———

UN ANGE DU SEIGNEUR.

Jeune homme au cœur croyant, Jehovah qui m'envoie
M'a transmis le pouvoir de t'aplanir la voie,
Et de mettre à ta vie un cachet de bonheur;
Dis! que désires tu? Sacrée est ma parole;
J'en jure par le Christ et par mon auréole,
Tes vœux s'accompliront... c'est l'ordre du Seigneur.

LE POÈTE.

Hélas! qui suis-je donc, moi, faible créature,

Pour que l'harmonieux auteur de la nature

Daigne étendre son bras vers moi?

Bel ange aux blonds cheveux, apporté par la nue,

Qui suis-je, moi, chétif, si plein, à ta venue,

D'un vague sentiment d'effroi?

Je ne désire rien, je bénis l'existence;

Jehova, comme à tous, au jour de ma naissance,

M'a donné le pain et le sel,

Et plus qu'à quelques-uns, dans sa bonté parfaite,

La fermeté du sage, et l'âme du poëte,

Et la harpe du ménestrel.

L'ANGE.

Eh quoi! refuses-tu les dons que te propose
Celui qui marche sur les eaux?

LE POÈTE.

Je voudrais refuser, et cependant je n'ose. —
Pourquoi m'interroger? Aux pauvres passereaux
La voix du Créateur parfois demande-t-elle
Si ce qu'il leur accorde et d'air et d'horizon
Est assez large pour leur aile,
Et s'il leur plaît ou non qu'on fauche la moisson?
Je suis le passereau, mon toit, c'est le feuillage;
Ma richesse, le ciel où glisse le nuage;
Mon foyer, le soleil; mon amour, le printemps;

Je m'endors sur la branche, et vole à tous les temps ;

Neige ou brouillard, pour moi tout est bon... Un reproche

N'a jamais attristé mon chant insoucieux ;

Je me nourris du grain qui tombe sur la roche,

Je ne désire rien, je vis, je suis heureux.

L'ANGE.

Ainsi qu'on descendrait dans le fond d'un abîme,

Enfant, descends au fond de ta pensée intime ;

Ne te manque-t-il rien ?

LE POÈTE.

Des choses d'ici-bas

Aucune, en vérité, ne me manque. Mes pas

N'ont point, en la foulant, arrêté dans sa sève

La jeune illusion qui grandit et s'élève ;

Je crois, et la nature est le sublime écrit

Où j'apprends à bénir le Dieu qui nous sourit.

Souvent silencieux durant des nuits entières,

Au versant des côteaux, sur le flanc des bruyères,

J'erre au hasard, et puis, de moment en moment,

Jetant de longs regards vers ce haut firmament

Où roulent tant de feux, souverains de l'espace,

Profondément ému, je me dis à voix basse

Qu'après tout ce que fit un Dieu si généreux,

N'être point satisfait, c'est offenser les cieux.

Voilà quelle est ma vie.

L'ANGE.

Elle me semble sainte,

O jeune homme. — Pourtant quand, par degrés éteinte,

La lumière se voile à l'Occident obscur ;

Quand tu sens ton esprit se détacher, plus pur,

Du lien trop étroit qui le fixe à la terre,

Dans les mots incomplets qui forment ta prière,

Ne t'arrive-t-il pas d'exprimer avec foi

Un désir dont le sens n'est connu que de toi ?

LE POÈTE.

Puisque tu m'as compris, je t'avoue, ô bel ange,

Qu'il me survient parfois une pensée étrange.

Ce n'est point de l'orgueil, l'orgueil m'est inconnu.

Mais le soir, au printemps, lorsque mon cœur à nu,

Seul avec la nature et ses grandes merveilles,

Bondit d'enthousiasme et consume ses veilles

En des songes pieux qui lui révèlent Dieu ;

Alors, comme on entend les hymnes du saint lieu,

J'entends frémir en moi, sous mon sein qui soupire,

Des accords qu'on prendrait pour les chants d'une lyre ;

Et pareil à David, cet Homère des rois,

Je voudrais célébrer le Seigneur dont les lois

Nous accordent pour dot un univers propice ;

Je voudrais, dans mes vers, rendre pleine justice

A celui dont la main, nous dispensant le jour,

Prodigue en même temps la rosée et l'amour.

L'ANGE.

Si des chants généreux suffisent pour ta joie,

Si tu sais restreindre tes vœux

Aux sublimes trésors que l'Eternel t'envoie,

Adieu, bon pélerin, va! chante! et dors heureux!

(L'ange remonte aux cieux. — La vision s'efface.
— Réveil lent et progressif).

(Tout-à-coup, et avec violence).

Amis! j'aime l'ivresse!... Elle plait à mon âme

Comme au tauréadore un brun regard de femme;

Elle ouvre en moi l'issue aux pensers généreux;

Quand j'aspire, en buvant, la mousse qui pétille,

Quand je suis ivre, amis, et que mon front scintille,

Ce monde me paraît l'antichambre des cieux....

Tour-à-tour je me crois pâtre, pacha, poëte;

J'ai du feu dans le cœur, j'ai du feu dans la tête;

J'embrasse le présent, le passé, l'avenir;

Et me sentant grandir au fracas de l'orgie,

J'échafaude à l'entour de la nappe rougie

Des rêves dont l'aspect ne peut se définir.

Avranches, février 1837.

IV.

LE NUAGE.

———

Mouettes qui vous cachez à l'angle des récifs,

Jetez votre aile au vent, au ciel vos cris plaintifs. —

    Sur l'onde où mon œil plane,

    Que vient-on d'entrevoir?

Serait-ce la tartane

Du capitaine noir?

Quelle vague lointaine

A terni sa carène

Qui brillait comme l'or?

Est-ce le flot qui baigne

L'Irlande ou la Sardaigne,

Naple ou San-Salvador?

Sur l'onde où mon œil plane

Ce qu'on vient d'entrevoir,

Ce n'est point la tartane

Du capitaine noir.

C'est l'ombre d'un nuage

Reflétant son image

A la cime des eaux;

D'un nuage qui passe,

Rapide, dans l'espace,

Empire des oiseaux.

Nuage aux cent caprices,

Où vas-tu? Quels pays

Sous tes ailes factices

Se sont-ils obscurcis?

Arrives-tu d'Espagne

Où, roi sur sa montagne,

L'Asturien s'endort;

Où le moine au front chauve

Maudit la France, et fauve,

Entonne un chant de mort?

Sais-tu si l'Andalouse

Ose donner toujours,

Le soir, sur la pelouse,

Ses rendez-vous d'amours?

Si Venise la belle,

Quand son golfe ruisselle

D'étoiles par milliers,

Parfois s'éveille encore

Au bruit de la mandore

De ses bruns gondoliers?

Si la Grèce expirante

Laisse, en traînant sa croix,

Une tache sanglante

Sur le linceul des rois?

Si l'Albanaise blanche

Rêve, soupire, et penche,

En pensant à Byron,

Sa tête parfumée

Comme la fleur aimée

Des pâtres de Saron?

Sais-tu si la sultane

Qui plaît au Grand-Seigneur

Est juive ou musulmane,

Fière, ou simple de cœur?

Si le czar de Russie

Au divan qui supplie

Parle en maître offensé;

Et si Stamboul frissonne

Quand sa botte résonne,

Et qu'il a menacé ?

Nos preux de Varsovie,

Que sont-ils devenus ?

Sans doute, en Sibérie

Ils ont froid, ils sont nus. —

As-tu vu les abîmes

Qui les gardent, victimes

D'un projet avorté ?

Au fond des gouffres sombres

Entendis-tu leurs ombres

Pleurer la liberté ?

Mais un éclair funeste

A déchiré tes flancs,

Et le feu qui te leste

S'échappe en jets brûlants.

Dans quel but, ô nuage,

Le vent vers cette plage

A-t-il pu te pousser ?

Messager trop fidèle ,

As-tu quelque nouvelle

Fatale à m'annoncer ?

Non, non; ma crainte est vaine,

O nuage, et voici

Que ta fougue incertaine

Demande à Dieu merci,

De ta frange brisée

S'écoule la rosée

Qui tombe lentement ;

Ainsi, sur cette terre,

Tout est joie, ou colère,

Repos, ou mouvement.

Ainsi, notre pensée,

Qu'égarait la douleur,

Souvent s'endort bercée

Par un souffle meilleur ;

Ainsi, l'oubli succède

Au noir regret qui cède,

Et s'enfuit soucieux ;

Ainsi, dans nos ténèbres,

Il est des jours funèbres,

Il est des jours heureux. —

Mouettes qui vous cachez à l'angle des récifs,

Jetez votre aile au vent, au ciel vos cris plaintifs.

Saint-Paire, près Granville. — 1837.

V.

UN CIMETIÈRE AU BORD DE LA MER.

———

Voyez! le ciel est pur, et les nuages d'or
Se parent des reflets du soleil qui s'endort
      Au sein de l'onde réjouie;
L'air se tait, et la fleur qui croît sur les rochers
Semble, pour écouter la chanson des nochers,

Se redresser épanouie.

Pas de bruits importuns à l'horizon lointain. —

Sauf la voix de la mer et celle du marin

Saluant une barque amie,

Rien ne trouble la paix et des flots et des cieux ;

C'est l'instant où le cœur s'ouvre, moins soucieux,

A l'enivrement de la vie.

Douce extase, où l'on n'a de ses rêves passés

Nuls souvenirs amers qui ne soient effacés

Par le spectacle magnifique

Dont le paisible aspect, aux abords de la nuit,

Captive en même temps les regards, et séduit

L'âme par sa beauté magique.

Alors plus de désirs, plus de vœux à former ;

Alors le front sourit, et le sang plus léger

    Court sous les veines rafraîchies ;

On sent qu'on est heureux d'un bonheur sans égal ,

De ce bonheur que Dieu donne à qui fuit le mal,

    A qui comprend ses harmonies. —

Voyez ! la vague meurt sur le galet désert. —

Son écume, inondant le rivage couvert

    Des algues que le flux soulève,

Bondit, court, se déroule en nappes de cristal

Qu'effleurent, chaque nuit, de leur pied virginal

    Les sylphes légers de la grève.

Et maintenant, ami, ne vous trouvez-vous pas

Plus tranqujlle et plus calme? Eh bien, à quelques pas

De cette plage sablonneuse,

Ici, sur ce rocher qui, du côté du sol,

Oppose aux yeux forcés d'interrompre leur vol

Son immobilité railleuse,

D'autres dorment en paix qui, plus calmes que vous,

Sont autrefois aussi tombés sur leurs genoux,

Quand, agitant leur chevelure,

La brise du printemps, sublime en ses concerts,

Réveillait l'alcyon ballotté sur les mers

Qui frémissaient à son murmure.

Ils sont là jusqu'au jour du dernier jugement,

Dans leurs tombeaux étroits, pâles, sans mouvement,

Aussi froids que le roc noirâtre

Dont le granit étreint leurs ossements poudreux;

Ils sont là... l'Océan s'étend au-dessous d'eux,

Comme un immense amphithéâtre.

O morts ! quand, par hasard, une nef vagabonde

Se brise à l'angle des récifs,

Aux sifflements fougueux de la lame qui gronde

Ne tressaillez-vous pas, plaintifs ?

Soulevant lentement la terre qui vous presse,

Et vous dressant sur vos tombeaux,

N'avez-vous pas, exprès, des signaux de détresse

Pour le salut des matelots ?

Non. — Désormais, la mer est pour vous sans naufrages,

Et vous n'entendez point, durant les nuits d'orages,

    Se balancer avec effort,

Poussé par l'aquilon qui mugit et qui passe,

Le flot au choc pesant, qui sur le flot s'entasse ;

    Car vous avez touché le port.

Qu'ont à craindre vos fronts des éclats du tonnerre ?

N'avez-vous pas, ô morts, pour demeure la terre,

    Abri sûr en toute saison ;

Ténébreuse retraite où la clameur humaine

Expire sans trouver d'écho qui la comprenne ;

    Palais sombre et sans horizon ?

N'êtes-vous pas élus citoyens d'un empire

Où jamais du matin l'haleine ne soupire,

Fraîche, parmi les blancs lilas?

Loin du monde qui rit en secouant sa chaîne,

Ne reposez-vous pas en rois dans un domaine

Que l'on ne vous dispute pas?

Vous possédez la clé du terrible mystère,

Vous connaissez le sort de l'homme, astre éphémère

Qui s'éteint lorsque Dieu, du revers de sa main,

Etouffe en leur foyer ses feux du lendemain.

Funeste dénouement, plus triste à la pensée

Qu'un côteau sans verdure à la biche blessée;

Terme où l'esprit hésite, anéanti; prison

Dont les obscurs détours faisaient pâlir Byron,

Lorsque, donnant l'essor à ses vers prophétiques,

Il évoquait du fond de leurs tombeaux gothiques

Ses héros qui, muets sous leur casque de fer,

Ne lui révélaient rien du ciel ou de l'enfer. —

Oh ! vous êtes heureux ! — Tandis que, sur vos têtes,

Des mortels éperdus les tribus inquiètes

S'égarent dans le doute, et marchent dans l'effroi ;

Tandis qu'analysant la nature et sa loi,

Le savant se consume en veilles infécondes ;

Vous, couchés aux confins qui séparent deux mondes,

Vous avez tout compris ; car votre œil a plongé

Dans le gouffre où jamais débris n'a surnagé :

Semblables à l'oiseau s'élançant d'une cime,

Vous avez, en partant, vu le fond de l'abîme,

Vous savez sur quel socle asseoir votre Babel.

Nous tairez-vous toujours le secret éternel ?

Eh! qu'importe, après tout? dormez, et que la terre

Qui couvre vos secrets, ô morts, vous soit légère ;

Votre dernier but, le voilà !

Sur ce cap anguleux que la vague brisée,

Aux beaux jours d'ouragan, blanchit de sa rosée,

Attendez ! vous êtes bien là.

Si j'étais un des fils heureux de ce rivage,

Si l'Océan d'azur eût bercé mon jeune âge,

Joyeux de s'assoupir chaque soir à son bruit ;

Si, tiède en ses désirs, mon âme reposée

Ne se consumait point, n'usait pas sa pensée

A suivre une étoile qui fuit ;

Si j'oubliais le sol où repose mon père

Dont j'ai doux souvenir, quoique la vie amère

Soit parfois un poison pour quiconque la boit ;

Si je ne rêvais pas de la patrie absente,

Du noyer qui de loin semble une vaste tente

Jetée au-dessus de mon toit ;

Si je pouvais choisir ma demeure dernière,

Je voudrais dans les flancs de ce roc solitaire

Sommeiller enfoui jusqu'au jour du Seigneur,

Ici, cachant mon nom, ignoré par la foule,

Près des vagues sans fond de cette mer qui roule,

Indomptable comme mon cœur.....

Car j'aime l'Océan et ses lames humides,

Et le fracas du vent sur les rochers arides,

Et la mouette et ses cris tristes comme un adieu;

Si vous me demandez pourquoi moi, jeune encore,

J'ai le cœur ainsi fait par moments, je l'ignore....

Allez le demander à Dieu.

Granville. — 1837.

VI.

LES CAPTIFS. *

EN VUE DU MONT SAINT-MICHEL.

———

Seul, au sommet d'un roc suspendu sur la grève

Où les ombres du soir descendaient lentement,

Je sentais mes pensers absorbés par le rêve

S'élancer indécis, et bondir vaguement

Du levant au couchant, du flot au ciel sans bornes.

C'était à cet instant où les regards plus mornes,

A travers les brouillards, précurseurs de la nuit,

N'aperçoivent au loin que des masses noirâtres,

Heure mystérieuse où l'étoile des pâtres

      Sourit à l'exilé qui fuit.

J'écoutais l'Océan dont la voix imposante,

Mêlant son harmonie à l'hymne universel,

Grondait au souffle pur de la brise odorante,

Qui l'emportait, craintive, aux pieds de l'Éternel;

J'écoutais... et déjà sur les côtes brumeuses,

Barrière inaccesible aux vagues écumeuses,

Sur l'angle des récifs que l'onde blanchissait,

Sur les mâts inclinés d'une barque perdue,

Comme un oiseau de mer, au sein de l'étendue,

Un sombre rideau s'abaissait.

A vingt ans, en ces jours d'espoir où le jeune âge,

Si beau d'enthousiasme et de simplicité,

Donne la paix au cœur, et la grâce au visage ;

Libre dans vos écarts, si vous avez quitté,

Quand de ses derniers feux l'horizon se colore,

Tous ces pompeux salons que le faste décore,

Pour aller par les champs vous promener pensif ;

Si vous avez trouvé quelque douceur intime

A vous asseoir sans crainte au-dessus d'un abîme,

Parmi les branchages d'un if ;

Si vous avez enfin connu la rêverie,

Cette fille du barde, au vol audacieux,

Qui, poursuivant partout l'ombre d'une patrie,

S'enivre des splendeurs de la terre et des cieux;

Soyez béni trois fois... car nos âmes jumelles

Vibrent aux mêmes bruits, battent des mêmes ailes,

Eprouvent un besoin égal de s'isoler,

Pour songer librement à ce qui les étonne;

Car vous me comprendrez, moi que jamais personne

      N'a pris la peine d'épeler.

J'étais donc sous le poids d'une de ces extases

Dont nul regard humain, quelque puissant qu'il soit,

N'ose sonder le cours, et pénétrer les phases;

— Trompeuse obsession, où l'esprit n'aperçoit

Les choses d'ici-bas que comme une fumée; —

Lorsque, s'illuminant sous sa voûte enflammée,

L'horizon agrandi recula devant moi ;

La nue, en s'entr'ouvrant, fit place à la lumière ;

Et moi, je tressaillis sur ma base de pierre,

    Et j'en eus presque de l'effroi.

Ce n'était qu'un éclair qui parcourait l'espace.

Mais, dans l'instant si court que met à s'effacer

Le sillon anguleux de la foudre qui passe,

J'eus le temps d'entrevoir la vague se briser

Au pied de vieux récifs, dont les crêtes fidèles

Portaient un noir faisceau de hautes citadelles ;

Et, rendant l'équilibre à ma faible raison,

Je me dis que là-bas, là-bas, bien loin du monde,

Des captifs, tous les soirs, dormaient au bruit de l'onde,

Sentinelle de leur prison.

Dormez, dormez, vous tous que l'esclavage oppresse,

Vous qui rêviez la liberté,

Et qui lui rapportiez, avec votre rudesse,

Son antique fraternité ;

Si vous êtes tombés accablés par le nombre,

Vous n'en êtes pas moins vaillants ;

Au soleil des vainqueurs votre chute fait ombre ;

Dormez, dormez, nobles enfants.

Votre sang a coulé sur nos places publiques

Et sur le seuil de nos maisons,

Pour l'accomplissement des destins prophétiques

Que Dieu promet aux nations ;

Vous avez essayé l'œuvre sublime et sainte,

  Et, malgré vos coups impuissants,

La gloire est pour vous seuls, pour le pouvoir la crainte;

  Dormez, dormez, nobles enfants.

Qui sait ce qu'en ses jeux l'avenir vous prépare

  De bonheur sans mélange impur ?

Parfois, le firmament, qu'un nuage dépare,

  Recouvre soudain son azur.

Peut-être, dès demain, une brillante aurore

  Luira sur vos fronts triomphants ;

En attendant ce jour qui doit bientôt éclore,

  Dormez, dormez, nobles enfants.

Il dort moins bien que vous sur sa couche gardée

Qu'assiége un pâle essaim de spectres menaçants,

Ce monarque nouveau dont la main s'est ridée

A dérouiller un sceptre usé depuis cinq ans.

Je suis sûr que, du fond des appartements sombres

Où s'agite en conseil le sort du genre humain,

Il a plus d'une fois vu s'élancer des ombres

Qui lui criaient: « ô roi, je t'ajourne à demain. »

Je suis sûr qu'entr'ouvrant sa royale fenêtre,

A l'heure où sur les monts qui couronnent Paris

Se lève le soleil indigné d'apparaître

Pour éclairer le deuil des peuples asservis,

Triste, et les yeux baissés sur sa rauque poitrine,

Il tressaille, inquiet, aux bruits de la cité;

Car, parmi cent rumeurs, incessamment domine

L'hymne qu'à ses enfants chante la liberté;

Car il sait que son trône est construit sur le sable,

Et qu'au vent imprévu des révolutions,

Un pouvoir, quel qu'il soit, s'envole irrévocable,

Ainsi que dans nos champs la poudre des sillons;

Il sait que pour vous tous, hommes à la voix forte,

Qui, le mousquet au poing, vous ruez au forum,

Pour toi, peuple affamé, prêt à briser la porte

Du riche suant l'or et gorgé d'opium,

L'avenir n'aura point de paroles sévères;

Et qu'ils seront comptés au nombre des élus

Ceux-là qui, dans la nuit des cachots solitaires,

Ne se sentent qu'un tort, le tort d'être vaincus.

C'est ainsi que courait ma pensée, agrandie

A l'aspect de ce mont qu'emprisonne un long mur,

Et mon cœur, en songeant aux maux de la patrie,

Bondissait comme l'onde au gré d'un vent impur;

Quand tout-à-coup, prêtant l'oreille,

J'entendis une voix pareille

Aux accords d'un hymne pieux;

Je pensai que c'était la brise

Dont l'haleine errait indécise

Sur l'ébène de mes cheveux.

Non! ce n'est point la brise. — Une douce parole

Mêle sa plainte au bruit des mers;

C'est une âme qui se désole,

Là-bas, sur les galets déserts.

« La perdrix chante dans la plaine,

» La fauvette sur les buissons,

» L'herbe des prés est toute pleine

» D'amour, de fleurs et de chansons.

» La perdrix chante dans la plaine,

» La fauvette sur les buissons.

» Au pied d'un églantier sauvage

» Le grillon naît, vit et s'endort ;

» Un brin de chaume est son ombrage,

» Une feuille, son lit de mort.

» Au pied d'un églantier sauvage

» Le grillon naît, vit et s'endort.

» Le poisson léger fend les ondes

» Qu'échauffe un soleil de printemps,

» Sans craindre, au sein des mers profondes,

» Le courroux des cieux inconstants.

» Le poisson léger fend les ondes

» Qu'échauffe un soleil de printemps.

» Tout est libre dans la nature,

» Moi seul ici je suis captif;

» Mon seul concert, c'est le murmure

» De la vague sur le récif.

» Tout est libre dans la nature,

» Moi seul ici je suis captif.

» Que ne suis-je l'oiseau dont l'aile

» Trace un sillon au haut des airs,

» Ou le poisson que la nacelle

» Effleure en passant sur les mers?

» Que ne suis-je l'oiseau dont l'aile

» Trace un sillon au haut des airs?

» Pareil au grillon de la plaine,

» Que n'ai-je pour abri les fleurs?

» Et puis, au lieu d'un bruit de chaîne,

» Le chant lointain des laboureurs?

» Pareil au grillon de la plaine,

» Que n'ai-je pour abri les fleurs?

» Mais hélas! je ne suis qu'un homme,

» Un homme faible et sans espoir,

» Que jamais personne ne nomme,

» En sa prière à Dieu, le soir.

» Mais hélas ! je ne suis qu'un homme,

» Un homme faible et sans espoir.

» Il n'est plus pour moi de patrie,

» Plus de soleil à l'horizon ;

» La pitié s'est évanouie

» Devant le seuil de ma prison.

» Il n'est plus pour moi de patrie,

» Plus de soleil à l'horizon.

» Adieu donc, mes rêves d'enfance,

» Tous mes plus beaux rêves, adieu!

» A toi mes derniersvœux, ô France,

» Ma dernière pensée, à Dieu!

» Adieu donc, mes rêves d'enfance,

» Tous mes plus beaux rêves, adieu! »

Le chant avait cessé. — Cette plainte touchante

D'un banni s'abreuvant de ses chagrins amers;

Ce faible et dernier cri de la force expirante

     Que m'apportait le vent des mers;

L'horreur de ce captif, dont un grillage arrête

     L'imagination qui fuit,

Oh! tout cela bien bas avait courbé ma tête;

Quand je la relevai, j'eus peur... il faisait nuit.

Avril 1836.

VII.

L'AIGLE.

I.

Quand donc reviendras-tu consacrer nos bannières,

Puissant palladium, aigle aux terribles serres,

Dont le premier essor fut si librement beau ?

Tes regards affaiblis n'ont-ils plus d'étincelles ?

Crois-tu qu'il ne soit pas pour l'ampleur de tes ailes

De place sur notre drapeau?

Si le plomb t'atteignit en un jour de bataille,

Qu'importe? l'esclavage eût déformé ta taille.

Mieux te valut tomber avec nos bataillons,

Superbe, et foudroyé, sur l'arène sanglante,

Que de voir l'étranger, sous le poids de sa tente,

Courber l'épi de nos sillons.

Sans doute, tu pensais, à l'instant où les balles

Obscurcissaient le ciel et pleuvaient par rafales,

Que l'oiseau fabuleux par nos pères chanté,

Le phénix, rajeuni sur sa couche enflammée,

N'avait pas plus que toi, ceint des feux d'une armée,

De droits à l'immortalité:

Tu ne te trompais pas. — Que les fils de la France

Retournent éveiller de leurs chants le silence

De la plaine fatale où tu t'es endormi ;

Renaissant aussitôt à l'appel de nos frères,

Tu guideras encor leurs légions guerrières

    Vers les bivouacs de l'ennemi.

II.

Quinze ans, tu fécondas du sang de tes victimes

Et les vallons d'Europe et ses plus hautes cimes.

Alors, toutes les fois que tu quittais le sol,

Les peuplades du Nord, lasses de leurs défaites,

En retenant leur souffle, écoutaient, inquiètes,

Le frémissement de ton vol.

Alors, aux régions où l'hiver du vieux pôle

Couvre de ses glaçons la fleur qui s'étiole,

Aux lieux où le sapin sort des neiges, souvent,

Craignant d'apercevoir ton envergure immense,

Le Baskir, appuyé sur le bois de sa lance,

  N'osait regarder l'Occident.

L'univers, à tes cris préludes de conquête,

Se sentant ébranlé de sa base à son faîte,

Tremblait comme la tour où mugit un beffroi :

Comment advint-il donc qu'une seule journée

T'abattit en lambeaux sur la terre étonnée

  De sa résistance à ta loi ?

III.

Waterloo ! Waterloo ! tes récentes annales

Ont déjà trop souvent jeté sous nos fronts pâles

Des pensers tout empreints d'un amer souvenir ;

L'écho de ton canon nous poursuit et nous raille.

Je n'évoquerai point de son lit de mitraille

La garde qui voulut mourir.

Il ne m'appartient pas de remuer la cendre

Des braves que la peur ne fit jamais descendre

Jusques à s'écrier merci devant la mort ;

Ils ne sont plus... Le temps a desséché leurs crânes ;

Qu'ils sommeillent en paix, loin des haines profanes,

Loin des coups imprévus du sort.

Mais toi qui succombas dans le commun orage,

Toi qui, le flanc ouvert, l'œil rouge de carnage,

Ne désespérant point de la patrie en deuil,

Ranimais du soldat la force défaillante,

Ne dois-tu pas bientôt, au gré de notre attente,

      Sortir, poudreux, de ton cercueil,

Noble oiseau, compagnon de nos pélerinages?....

Tu guidais notre armée en ses plus longs voyages,

Des tours de Saragosse à la croix du Kremlin;

Et c'était sous tes yeux que grandissaient nos pères.

Reviens! car l'ennemi qui borde nos frontières

      Peut les envahir dès demain.

                              1837.

VIII.

AGAR.

Abraham se leva donc dès la pointe
du jour, prit du pain et un vaisseau
plein d'eau , le mit sur l'épaule
d'Agar , lui donna son fils , et la
renvoya. Elle étant sortie , errait
dans la solitude de Bersabée.

Sous le palmier des solitudes,

Agar, le front courbé par un faix de douleurs,

Exprimait, d'une voix qu'entrecoupaient des pleurs,

    Ses mortelles inquiétudes. —

« O mon fils, pauvre enfant en naissant condamné,

» Le jour que ma tendresse autrefois t'a donné,

             15

» Qu'as-tu fait pour que Dieu te l'ôte ?

» N'ai-je point assez bas fléchi les deux genoux,

» Lorsqu'aux champs de Mambré, passait auprès de nous

» Abraham, ton père et notre hôte ?

» Pourtant j'étais docile à ses moindres désirs,

» Je tremblais à sa voix, et n'avais de loisirs

» Que ceux qu'il daignait me permettre ;

» Sa tente bien long-temps fut l'asile où ma main

» Ourdissait sa tunique, et préparait son pain ;

» Je l'aimais, quoiqu'il fût mon maître.

» Une rivale chaldéenne

» A, par sa jalousie, abrégé mon repos ;

» A son souvenir seul, la moelle de mes os

» Se glace sous un vent de haine.

» Ils ont mis sur ma tête un vase rempli d'eau,

» En me disant : va-t-en ! va-t-en ! le ciel est beau,

» Le sable imprégné de rosée ;

» Avant que le soleil ait, dans un chaud transport,

» Au fond de l'Oasis bu la source qui dort,

» Eloigne-toi, mère insensée...

» Ismaël, doux ami, pardon ! mes faibles bras

» Plus loin que ces palmiers n'ont pu traîner tes pas ;

» Pardon ! ma force est épuisée ;

» La fatigue a brisé mes membres, et voici

» Qu'il te faudra bientôt, enfant, finir ici

» Ta vie à peine commencée. »

Ainsi parlait Agar. — Soudain, au haut des airs,

Comme l'on voit parfois, à l'horizon des mers,

Surgir une flottante voile,

Parut un séraphin au vol si gracieux,

Qu'on eût pris son essor, dans le vague des cieux,

Pour les longs sillons d'une étoile.

« Femme, s'écria-t-il, pourquoi te lamenter ?

» Lève-toi, ne crains point, et sois prête à marcher ;

» La terre de Pharan est proche.

» Tes fils y régneront sur des peuples nombreux ;

» En fruits rafraîchissants Dieu changera pour eux

» L'aride gazon de la roche.... »

Or, Agar se leva, libre d'inquiétudes,

Et, depuis cet instant qui lui rendit l'espoir,

Agar, la triste Agar ne revint plus s'asseoir

Sous le palmier des solitudes.

Juillet 1837.

IX.

A MADAME V.

———

Oui, je suis un rêveur, Madame, car ma vie

S'enivre des parfums chers à la poésie,

Car ma lèvre s'abreuve à son flot décevant;

Et vous, femme aux beaux yeux, vous dont la voix touchante

Paraît au pélerin que votre aspect enchante

Plus douce qu'un soupir du vent,

Vous ne le saviez pas ! Cependant la distance

Qui retient loin de vous ma sombre insouciance

N'est qu'un jeu d'un instant pour l'oiseau voyageur ;

En un soir de printemps, la folâtre hirondelle

Ferait, en s'arrêtant à chaque fleur nouvelle,

Ce trajet qui rit à mon cœur.

Vous ne le saviez pas ! Mais pourquoi la surprise

Trouble-t-elle à ce point ma pensée insoumise ?

Que suis-je sur la terre ? et qui donc pense à moi,

Poursuivant loin de tous une route incertaine ?

Distingue-t-on au ciel tout nuage qu'entraîne

L'effort d'un orage sans loi ?

Un jour (puisse ce jour se hâter d'apparaître !

Il est lent à venir), on vous dira peut-être,

En vous montrant mes vers, pauvres enfants perdus :

« Leur auteur mourut jeune, il rêvait une vie

» Impossible en ce monde où dort la poésie ;

     » Quelques regrets lui sont bien dus. »

Et vous, vous répondrez : « ah ! oui, je me rappelle

» Qu'un soir je l'aperçus, et qu'il me trouva belle ;

» C'était au bal, je crois ; je le vois encor là.

» Quoi, ce jeune homme est mort, n'était-il pas poëte ?

» On le disait du moins... Qu'en pense la gazette ? »

Oh ! la gloire, mon Dieu ! n'est-ce donc que cela ?

                    Granville, 15 août 1837.

X.

A TROIS SŒURS.

—

I.

A vous qui voulez bien rendre, par un sourire,

Sa puissance à mon âme, et ses chants à ma lyre,

A vous grâce et merci ! Peut-être, dès demain,

Vous quitterez ces bords que je foule incertain :

Vierges aux blonds cheveux, filles de l'Angleterre,

Vous n'êtes parmi nous qu'une ombre passagère,

Un doux rêve du soir, qu'efface le matin ;

J'y pense avec effroi, vous partirez demain.

Mais vers quelque horizon que le sort vous emporte,

Quel que soit le destin qui frappe à votre porte,

Que votre barque touche ou dépasse l'écueil,

Jamais, oh! non, jamais je n'oublîrai l'accueil

Que j'ai reçu de vous, moi pauvre enfant, poëte.

Quand parfois, au milieu du fracas d'une fête,

Cherchant un œil d'azur qui comprenne mes yeux,

Je n'apercevrai plus vos traits harmonieux;

Quand, laissant notre France, et déployant vos ailes,

Vous aurez pris l'essor vers vos îles fidèles

Où la blanche Albion se mire au sein des mers ;

Je songerai souvent qu'en des temps moins amers,

Lorsque mon cœur s'ouvrait large à la poésie,

Ici, triste et content, je buvais l'ambroisie

Qui s'écoule à longs flots de vos accents rêveurs ;

Et puis, au souvenir confus des jours meilleurs

Où j'osais écouter votre parole amie,

Spontanément lassé du vide de ma vie,

Je m'écrirai sans doute, en mon cœur désolé :

« Comment tant de bonheur s'est-il donc envolé ? »

Avranches. — 1887.

VERS ÉCRITS SUR UN MISSEL.

II.

Ainsi qu'un nom gravé sur un bloc tumulaire

Obtient du voyageur un regard inconstant,

Ainsi, quand vous lirez cette page éphémère,

Puisse votre regard s'y fixer un instant !

Un temps viendra peut-être, un temps où les années,

Emportant loin de vous jusqu'à mon souvenir,

Ne vous laisseront plus que des roses fanées,

Des pensers sans parfum, des jours sans avenir.

Alors, si par hasard votre œil s'abaisse et tombe

Sur ces vers qui pour moi vous demandent merci,

Comme l'on songe aux morts endormis sous leur tombe,

Daignez songer à moi dont le cœur est ici.

(Imité de lord Byron).

Avranches. — 1857.

16

XI.

A.....

—

LA FAUVETTE.

I.

Les oiseaux répétaient leur hymne solitaire

Dont les vagues accords arrivaient jusqu'à moi,

Et mon front s'inclinait, plus pâle, vers la terre;

Car ils chantaient l'amour, et j'étais loin de toi.

Un instant, ma pensée avait plié ses ailes,

D'une course sans but mes pas suivaient les lois;

Je marchais... respirant l'odeur des fleurs nouvelles

Qui parsèment nos bois.

Soudain, du haut des airs une pauvre fauvette

(Quel souffle la poussait ?) s'abattit à mes pieds,

Comme un de ces rayons dont l'éclat se projette,

Parmi des flots d'encens, autour des saints trépieds.

Le fusil du chasseur l'avait, je crois, atteinte,

Tandis que dans les cieux elle errait sans dessein;

Je la pris, sa faiblesse avait dompté sa crainte,

Et la mis sur mon sein.

Et ma lèvre baisait sa plume palpitante,

Et j'osai pressentir, à ses tressaillements,

Qu'elle pourrait encor, joyeuse et nonchalante,

Effleurer dans son vol la cime des sarments.

Puis alors je me dis : « il existe une femme

» Que le monde a blessée, et qui cherchant, un soir,

» Un baume pour ses maux, un foyer pour sa flamme,

» Pour ses regards un ciel moins noir,

» Entre mes bras amis vint tomber défaillante

(Ainsi tombe, au printemps, la fleur de l'églantier),

» En s'écriant : je t'aime, et je suis bien souffrante...

» Oh! soutiens dans tes mains mont front près de ployer.»

Cette femme est pareille à toi, pauvre fauvette. —

Ma douce affection n'a point trompé ses vœux;

J'ai calmé son effroi, j'ai relevé sa tête,

      J'ai bu les larmes de ses yeux.

Qu'elle ait long-temps encor pour abri ma poitrine,

Qu'elle oublie avec moi les jours de la douleur;

Et si Dieu veut, parfois, que sa tête s'incline,

Ah! par pitié, du moins, que ce soit sur mon cœur.

                                    Juin 1837.

LA ROMANCE DE L'ÉTRANGER.

II.

Toi dont l'amour m'a fait oublier ma patrie,

Jeune femme aux doux yeux, pourquoi me retenir?

Pourquoi tes longs regards ont-ils tant de magie?

Je t'aime, et cependant je souffre; car ma vie

S'effeuille loin des lieux où j'aurais dû mourir.

Sur nos champs attristés quand le soleil se couche,

Ma mère, en soupirant, dit tout bas : à demain !

A demain ! ces mots seuls s'échappent de sa bouche,

Et puis elle s'endort, pensive, dans sa couche...

Le lendemain arrive, elle attend, mais en vain.

J'irai la retrouver, peut-être qu'elle pleure. —

Peut-être sous son front l'espoir s'est-il tari. —

Plus d'une fois, peut-être, a-t-elle maudit l'heure

Qui ne ramenait point au seuil de sa demeure

L'enfant capricieux que son lait a nourri.

J'irai la retrouver, car tes baisers, ô femme,

Réveillent sous mon flanc l'hydre du repentir :

Pauvre oiseau voyageur attiré par ton âme,

J'y suis venu brûler mes ailes à sa flamme.

Adieu! voici l'aurore, il est temps de partir.

Jadis, auprès de toi, la molle rêverie

Allégeait les pensers qui m'oppressaient le cœur;

Je ne répondais rien à ta parole amie,

Lorsque, m'interrogeant dans ta mélancolie,

Tu t'écriais : « l'amour, n'est-ce pas le bonheur ? »

Non, l'amour ne vaut pas l'air pur de nos vallées,

L'air si frais du matin, qui calme les douleurs;

Et de nos saules verts les branches désolées;

Et le vanneau jetant ses plaintes isolées

Aux échos reverdis de la prairie en fleurs.

Il ne vaut pas l'espoir, meilleur que la rosée,

De reposer en paix à côté des aïeux,

Et de sentir sa main par le trépas brisée

Tressaillir tout-à-coup, plus tendrement pressée
Par la main d'un ami qui nous montre les cieux.

Adieu ! pour m'éloigner, donne-moi le courage
Dont en ce jour suprême a besoin ma raison ;
Lève les yeux en haut, contemple le nuage ;
Chassé par l'aquilon, il fuit... c'est mon image ;
Laisse-moi comme lui me perdre à l'horizon.

Toi dont l'amour m'a fait oublier ma patrie,
Jeune femme aux doux yeux, pourquoi me retenir ?
Pourquoi tes longs regards ont-ils tant de magie ?
Je t'aime, et cependant je souffre ; car ma vie
S'effeuille loin des lieux où j'aurais dû mourir.

Août 1837.

III.

Ne pleure pas, les larmes d'une femme
Sont un poison pour qui les fait couler;
Ne pleure pas, je te laisse mon âme
        A consoler.

Elle a besoin de ta douce parole,
Jusqu'au revoir qu'elle règne en ton sein;

Qu'il en soit plein, que tout désir frivole

Y germe en vain.

Ne pleure pas ; lorsque ma voix connue

Te redira la chanson du retour,

Tu me rendras mon âme retenue

Par ton amour.

Septembre 1837.

XII.

Qu'il marche vers le but où son instinct le porte,

Celui qui de ce monde a su franchir la porte,

Sans laisser, dans l'essor de ses rêves d'orgueil,

Un lambeau de son âme aux clous dorés du seuil ;

Qu'il marche ! c'est pour lui que Dieu fit cette terre. —

Il n'aura point pitié du penseur solitaire

Qui, cherchant pour son front d'où le repos a fui,

Quelqu'ombrage sacré, quelque frais point d'appui,

S'arrête en maudissant son cœur et sa croyance ;

17

Sitôt qu'autour de lui germe l'indifférence,

Inextricable ivraie où s'enlacent tous ceux

Qui parlent aux humains en regardant les cieux.

Il vivra doucement, la plus longue journée

Comme un riant vallon lui paraîtra bornée ;

Et lorsqu'on lui dira que beaucoup ici-bas

Sentent au loin le sol frissonner sous leurs pas ;

Lorsqu'on l'entretiendra de rêves qu'il ignore,

Illusions du cœur que l'ambition dore,

Il ne répondra pas : car sa stupidité

N'admet rien au-delà de la réalité.

Et l'on s'étonne encor que la voix du poëte

Devant tant de froideur ne reste pas muette,

Et que parfois, du fond de son moule de fer,

La strophe, en rugissant, s'élance au haut de l'air.

Pourtant, voici le jour des plaintes légitimes !

Poëtes, levez-vous ! et, debout sur les cimes,

Soit qu'il roule à Satan, ou bien à Jehovah,

Poursuivez de vos cris ce siècle qui s'en va.

Pour moi, si je me tais au moment de la lutte,

Si, comme l'Indien accroupi sous sa hutte,

Impassible, j'attends ce qui doit advenir ;

En ces vers où mon âme, à sa première aurore,

Flotte entre ciel et terre, ainsi qu'un météore,

Si je n'ai point cherché le mot de l'avenir ;

Si je laisse courir ma pensée incertaine

Des monts à la cité, de la mer à la plaine ;

Si ma muse s'égare à tout nouveau détour,

C'est que, loin des clameurs plaintives de la terre,

J'ai suspendu ma course à l'aile salutaire

De ce sylphe qu'on nomme amour.

Avranches. — 1837.

NOTE.

* Quand cette pièce a été composée, quelques condamnés po-
litiques étaient encore détenus au mont Saint-Michel. Depuis est
survenue l'amnistie. L'auteur n'a cependant rien effacé de ce qu'il
avait écrit. Il n'est pas, pour son compte, de l'avis de ceux qui
pensent que le bienfait royal doit cimenter un pacte d'union
éternelle entre la nation et la monarchie.

www.ingramcontent.com/pod-product-compliance
Lightning Source LLC
Chambersburg PA
CBHW070457030726
47503CB00004B/1086